KB235679

YOGA VIDYA GURUKUL

Yoga Prabdha
Yoga Praveen
Yoga Pandit

NATUROPATHY COURSES

N.C. - 650 Students

PATIENTS TREATAD IN YOGA & NATUROPATHY HOSPITAL

O.P.D. 18,000 Indoor Patients 6,000 Facial Patients 11,000

For the Diseases

Slip Disc, Heart Disease

Asthama, Gynec Problem,

All the figures mentioned above

Suryanamaskara Mantra

OM BHAN MITRAYA NAMAHA

OM BHIN RAVAYE NAMAHA

OM BHAN SURYAYA NAMAHA

OM BHANU BHANAVE NAMAHA

OM BHOUH KHAGAYA NAMAHA

10

9

8

요기 |Yogi,
인도에
쉼표를
찍었습니다

요기,
인도에 쉼표를 찍었습니다

초판 1쇄 인쇄 2013년 8월 8일
초판 1쇄 발행 2013년 8월 16일

지은이 이헌희

펴낸이, 편집인 윤동희

책임편집 김민채 장윤정
편집 임국화 홍성범
디자인 이진아
종이 MG크라프트 백색 120(커버)
　　　모조 260(표지)
　　　그린라이트 80(본문)
마케팅 한민아 정진아
온라인 마케팅 김희숙 김상만 이원주 한수진
제작 서동관 김애진 김동욱 임현식
제작처 영신사

펴낸곳 (주) 북노마드
출판등록 2011년 12월 28일 제406-2011-000152호

주소 413-120 경기도 파주시 회동길 216
문의 031.955.8886(마케팅)
　　　031.955.2646(편집)
　　　031.955.8855(팩스)
전자우편 booknomadbooks@gmail.com
트위터 @booknomadbooks
페이스북 www.facebook.com/booknomad

ISBN 978-89-97835-32-4　03810

○ 이 책의 판권은 지은이와 (주)북노마드에 있습니다.
　　이 책 내용의 전부 또는 일부를 재사용하려면
　　반드시 양측의 서면 동의를 받아야 합니다.
　　북노마드는 (주)문학동네의 계열사입니다.

○ 이 도서의 국립중앙도서관 출판시도서목록(CIP)은
　　서지정보유통지원시스템 홈페이지(http://seoji.nl.go.
　　kr)와 국가자료공동목록시스템(http://www.nl.go.kr/
　　kolisnet)에서 이용하실 수 있습니다.
　　(CIP제어번호 : CIP2013012835)

요가 Yogi,
인도에
쉼표를
찍었습니다

이헌희 지음

북노마드

차례

2장 새로운 요가

3장 나를 만나다

4장 단순한 삶, 완전한 기쁨

내가 숲속으로 들어간 것은
인생을 제대로 살아보기 위해서였다.
삶의 본질을 확인하고 싶었고,
그로부터 다시 삶을 배우고 싶었다.
- 헨리 데이비드 소로Henry David Thoreau

삶은 배움이다. 벤자민 바버는 "세상은 가진 자와 못 가진 자로 나뉘는 것이 아니라 배우는 자와 배우지 않는 자로 나뉜다"라고 했다. 정말 그렇다. 인생은 짧고, 예술은 길고, 배울 것은 많다.

옛말에 '집 나가면 고생'이라지만, 나는 '집 나가면 배움'이라고 생각한다. '집을 나가는' 순간, 그때 비로소 여행이 시작된다. 비록 회사나 학교로 떠나는 평범한 일상이라 해도 집을 나서는 바로 그 순간, 우리는 매일 짧은 여행을 시작할 수 있다. 세상 그 어떤 종류의 여행이든 그것은 진정 떠날 만한 가치가 있고, 그 가치는 여행에서 얻게 되는 크고 작은 배움에서 오는 것이라고 나는 굳게 믿고 있다.

당신과 나, 우리는 앞으로 또 수많은 여행을 하게 될 것이다. 하루, 일주일, 한 달, 일 년…… 그 모든 여행을 나는 '추억'이 아닌 '배움'이라 부르려 한다. 지구는 둥글고, 나는 젊고, 배울 것은 너무 많다. 세상의 아름다운 것들을 호기심과 겸손한 마음으로 하나씩 배워나가는 여행, 나는 그것에 '배우는 여행'이라는 이름을 붙였다. 나와 나를 둘러싸고 있는 이 거대한 세계를 매일 조금씩 이해하며 배워나가는 것. 계속해서 여행하는 한, 여행 속에서 배움을 멈추지 않는 한 우리는 매일 조금씩 더 나은 사람이 될 수 있다.

인도 하면 커리Curry나 3억 3천만에 이른다는 수많은 신神들, 아름다운 실크 사리를 두른 깊고 맑은 눈의 사람들, 갠지스 강에서 경건하게 몸을 씻는 구도자들이 먼저 떠오르겠지만, 누가 뭐라 해도 '요가'를 빼놓고는 인도를 이야기할 수 없다. 나는 요가를 배우기 위해 여행을 떠났다. 목적지는 인도, 배운 것은 요가. 그러니까 지금부터 하려는 이야기는 '인도에서 요가를 배운 이야기'다.

이 책은 꼭 한 달 동안 인도 북부에 있는 어느 작은 아쉬람Ashram에 머물며 요가를 배우며 지냈던 소박한 여행기이자 일종의 자기훈련 보고서다. 즉, 요가를 배우고 온 기록인 동시에 요가 그 이상의 이야기를 담은 책이기도 한 것이다. 책을 쓴 목적 또한 수행 공동체인 아쉬람에서 생활하며 요가에 대한 모든 것을 마음껏 체험하는 과정에서 누렸던 순수한 기쁨과 신비를 공유하고 싶은 마음, 그것이 전부다. 부디 기상천외한 요가 동작이나 공중부양 혹은 새로운 스타일의 요가를 통한 다이어트 비법 같은 것이 이 책에 담겨 있을 것이라고는 상상하지 말기 바란다. 내가 이 여행에서 배운 것은 단순한 동작 하나 혹은 호흡 한 번이 아닌, '삶의 양식'이자 '삶 그 자체'로서의 요가이고, 그와 더불어 나 자신에게 좀더 귀를 기울이는 법, 삶의 매순간을 마음껏 즐기는 법, 흔들리지 않고 묵묵히 걸어가는 법이었으니 말이다.

　세월이 흐르고 시대가 바뀌어도 '건강하고 행복한 삶을 살 수 있는 방법'에 대한 진지한 물음들은 끊이지 않는다. 모쪼록 이 책을 통해 단순히 운동이나 미용을 위한 수단으로 여겨졌던 요가가 '적극적이고 건강한 삶의 방식'으로 많은 이들에게 다가갈 수 있었으면 하는 바람이다.

여행 준비

길을 떠나기 전에 자기 자신을 이해하라

- 크리슈나무르티Krishnamurti

떠날 용기

여행을 떠나고 싶을 때 드는 생각은 둘 중 하나다. 첫째, 가고 싶은 마음은 간절하지만 여행할 시간이 없다. 둘째, 시간이 좀 되는가 싶으면 여행 갈 돈이 없다. 나 역시 그 두 가지 변명 사이에서 갈팡질팡하던 차에 일을 쉬게 되었다. 느닷없이 찾아온 기회를 어떻게 할까 고민하던 중에 열심히 일한 사람이라면 누구나 가질 수밖에 없는 바로 '그 생각'이 들었다.

'떠나고 싶다.'

하지만 떠나야 할 이유보다 그러지 못할 이유가 더 많이 떠올랐다. 독립한 생활인으로서 스스로의 삶과 커리어를 책임져야 했고, 여자 나이 서른을 넘기고서는 '떠나는 삶'보다는 '정착하는 삶'이 더 안전하다고 생각했으니 말이다. 그러나 무수한 고민과 상식들 사이에서도 변함없이 또렷하게 솟아오르는 생각 하나는 '그럼에도 떠나야 한다'였다. 떠나지 못할 백만스물두 가지의 이유에도 떠나야 할 단 한 가지 이유, 그것은 바로 '이 순간 내가 그것을 간절히 원하기 때문'이었다.

집 나가면 고생이라지만 젊어서 고생은 사서도 한다고 했다. 그리고 여행에서 돌아오면 알게 된다. 고생은 '고된 생활'이 아니라 '고마운 생각'으로 바뀐다는 것을. 다른 이유는 필요 없었다. 나는 제대로 살기 위해 여행을 떠나기로 결심했다. 망설임은 일단 주머니에 넣어두고 떠나보자. 그리고 제대로 배워보자. 나는 뭄바이행 비행기에 몸을 실었다.

언젠가 한동안 내게 맞는 운동을 찾다가 요가와 수영을 시작했었다. 수영은 물에 대한 유난스러운 공포를 극복하고 싶어서 택한 것이었던 반면, 솔직히 요가는 어딘지 모르게 멋져 보인다는 것이 선택의 이유였다. 하지만 개인적으로 천성적으로 게으름을 타고난 탓에 학창시절에도 학원이니 과외니 하는 것을 질색했던지라 수영은 처음 한동안 열심히 하다가 시간이 지나자 조금씩 시들해졌다. 그나마 다행히 요가라는 운동은 (나중에 이야기하겠지만 인도에서의 요가는 단순한 '운동'이 아니었다!) 얼마간 배워둔 기초만으로도 집에서도 별다른 문제없이 할 수 있었다. 그렇게 요가를 7년째 해오던 어느 날, 비로소 일을 쉬고 여행할 수 있는 기회를 얻었다. 나는 인도에서 요가를 배워보기로 했다. 호랑이를 잡고 싶으면 호랑이 굴로 들어가고 로마 법을 배우고 싶으면 로마로 가야 하는 것처럼, 기왕 요가를 배우려면 인도에 한번 발을 내딛어봐야 하지 않겠는가. 그래, 내일 지구가 멸망한다 할지라도 일단 떠나보자!

나만의
아쉬람 찾기

인도에 가기 전에 제일 먼저 한 것은 전 세계 배낭여행자들의 바이블인 『론리 플래닛Lonely Planet -인도편』과 구글 검색을 통해 인도에 있는 요가센터와 아쉬람들을 추려내고 몇 군데의 웹사이트를 훑어보는 것이었다. 요가센터와 아쉬람은 인도에 차고도 넘쳤는데, 그중 내가 고른 곳은 인도 북부의 마하라슈트라Maharashtra 지역에 있는 '요가 비드야 구루쿨Yoga Vidya Gurukul'이라는 작은 아쉬람이었다. 커리큘럼이 마음에 들기도 했지만 무엇보다 한 달이라는 기간과 숙박비를 포함한 수강료가 합리적이기 때문이었다. 싸다고 만사형통은 아니지만, 요가의 위대한 정신과는 동떨어지게도 터무니없이 비싼 수업료와 기숙사비를 요구하는 곳이 더 많았다. 한국이든 인도든 요가를 배우는 데 너무 많은 돈이 들어가는 것은 좀처럼 이해하기 어렵다.

먼저 아쉬람에 요가 수업을 신청하는 이메일을 보냈다. 그러나 인도에서 요가를 배우는 건 동네 피아노 학원에 오늘 등록하고 내일 레슨을 시작하는 것과는 조금 다른 일이었다(사실 자기가 원한다 해서 언제고 할 수 있는 일은 아무것도 없다). 이미 모든 수업 신청이 마감되었다는 청천벽력 같은 답신이 날아온 것이다. 수업을 받으려면 적어도 3~6개월 전에는 미리 신청해야 한다는 사실을 그때는 몰랐다. 일찍 일어나는 새가 맛있는 먹이도 먹고, 님도 보고 뽕도 따고, 요가 수업도 신청할 수 있는 세상인 것이다.

정신이 아득해졌다. 어떻게 온 기회인데! 내 마음은 이미 인도에 가 있는데! Now Or Never, 지금이 아니면 안 될 것 같았고, 간절히 원하면 온 우주가 도와준다고 했으니 어떻게든 갈 수 있으리란 믿음이 생겼다. 수강을 원한다는 이메일과 더불어 수업 신청서 양식의 내용도 기재하여 함께 보냈다. 기본적인 신상명세 외에도 현재 운동을 하고 있는지, 어떤 운동을 하는지, 요가를 한지는 얼마나 되었는지, 또 수술한 적이 있거나 어떤 질병을 앓은 적이 있는지 등을 제법 상세하게 묻는 신청서.

질문	네 / 아니오 / 말할 수 없다.
아침에 일어날 때 가뿐한가요?	네 / 아니오 / 말할 수 없다.
밤에 잘 때 수면제 등의 약을 복용하나요?	네 / 아니오 / 말할 수 없다.
낮에 일하고 나면 피곤한가요?	네 / 아니오 / 말할 수 없다.
업무시 집중력이 높은가요?	네 / 아니오 / 말할 수 없다.
자주 감정적인 상태가 되나요?	네 / 아니오 / 말할 수 없다.
제때 배고픔을 느끼나요?	네 / 아니오 / 말할 수 없다.

무모하고도 집요한 노력 때문인지 간절한 바람 덕인지, 아니면 누군가가 갑자기 취소했기 때문인지는 알 수 없지만, 어쨌든 결과적으로는 다행히 11월에 와도 좋다는 답을 받을 수 있었다. 수강신청이 끝났으니 이로써 여행 준비는 다된 셈이나 마찬가지. 이제 아쉬람으로 간다! 심장이 뛰었다.

여행 비용

어떤 일을 하고 싶지만 할 수 없을 때, 우리는 종종 치사한 방법을 쓰곤 한다. 누구나 공감할 만한 시시한 핑계를 대면서 자신의 의지박약을 포장하고 어렵다, 힘들다, 못한다고 소리치는 것이 그것이다. 가장 쉽고도 만만한 핑계는 '돈'이다. 물론 여행에 필요한 돈을 모으는 것은 쉽지 않다. 하지만 어떤 일을 할 때마다 그것을 할 수 없다는 핑계만 찾다보면 달라지는 것은 무엇 하나 없지 않을까. 무리할 필요는 없다. 가진 만큼 즐기면 된다. 모든 것이 완벽하게 다 갖춰질 때를 기다리겠다는 것은 사실 별로 여행을 가고 싶지 않다는 의미인지도 모른다.

한 달 동안 인도에서 요가를 배우면서 지내는 데 드는 비용은 얼마일까. 인도의 물가가 한국에 비해 상대적으로 저렴하긴 하지만, 내 경우에는 서울에서 한 달간 생활하는 데 드는 비용과 크게 다르진 않았다. 가끔씩 찾아오는 지름신도 인도에서는 종적을 감췄으니 오히려 돈이 더 적게 들었는지도 모르겠다. 사실 여행하는 데 필요한 돈이란 고무줄과도 같다. 사람마다 어떻게 일정을 짜고, 어떤 교통수단을 이용하고, 어느 숙소에 묵고, 어떤 음식을 먹느냐에 따라 그야말로 천지 차이를 보이니 말이다.

이번 요가 여행은 사실 비용 문제로부터는 자유로운 편이었다. 비행기 티켓값과 아쉬람 등록비, 이 두 가지가 여행 경비의 전부였으니까. 복잡할 것도 없었고 모자라지도 넘치지도 않게, 꼭 그 정도만 있으면 충분했다.

비행기 티켓 구입	700,000원 (홍콩 경유 캐세이 퍼시픽 / 인터넷 예매 기준)
인도 비자 발급비	65,000원 + 수수료 9,570원
아쉬람 등록비 + 숙박료	750달러(900,000원)
아유르베다 코스 비용	50달러(60,000원)
여행자 보험	30,000원
공항-아쉬람 간 택시비	1,400루피(42,000원)
여행비	200,000원
총 비용	**(약) 2,000,000원**

짐 꾸리기

다비드 르 브르통은 "짐은 인간을 말해준다"라고 했다. 훌륭한 여행자들은 언제나 여행가방을 가볍게 꾸릴 줄 안다. 가벼운, 그러나 제대로 갖춘 짐가방. 바로 거기서 좋은 여행이 시작된다. 'Less is more', 즉 간결한 것이 더 풍족하다는 말은 여행에도 그대로 적용된다. 나는 짐을 꾸리면서 비로소 버리는 지혜를 깨닫는다. 산은 내려오기 위해 올라가고, 여행은 돌아오기 위해 떠나는 것. 짐가방과 발걸음은 가벼울수록 좋다.

만약 스스로를 한번 시험해보고 싶다면 비행기표와 여권 그리고 어느 때고 읽어도 좋을 책 두세 권만 빼고 아무것도 지니지 않은 채 여행을 떠나는 것도 좋다. 하지만 그것은 어디까지나 우리의 낭만적인 바람일 뿐이라서, 편안하고 쾌적한 한 달간의 요가 수련을 위해 필요한 최소한의 물품들을 아래와 같이 정리해보았다.

● 한 달을 기록할 싸고 튼튼한 수첩과 필기구, 카메라

여행은 기록이다. 기록은 기억보다 위대하다. 혼자 마음속에 고이 간직하는 것도 좋지만, 나이를 먹을수록 희미해져가는 기억들을 의미 있게 남겨두고 널리 전파할 소중한 도구들을 챙겨 간다.

● 가서 버리고 올, 혹은 현지에 기부하게 될 편한 옷가지들

한 달은 결코 짧지 않은 기간이다. 세탁이 용이하지 않은 현지 사정을 고려해서 되도록 가볍고 편안한 옷들을 준비한다. 특히 요가복은 신축성이 있으면서 땀을 흡수할 수 있는 면 소재가 좋다. 아쉬람 내에서는 반드시 어깨를 덮는 상의와 무릎을 덮는 하의, 즉 단정한 옷차림이 필수다. 휴양지에 가는 것이 아니므로 너무 화려하거나 노출이 심한 옷은 자제해야 한다. 일상복들은 다시 가지고 오기보다는 현지에 기부한다는 생각으로 서너 벌 정도 챙기는 것이 좋다. 신발은 가볍고 튼튼한 운동화와 아쉬람 내에서 요긴하게 신을 슬리퍼 정도만 넣는다.

● 제대로 만들어진 요가 매트

아쉬람 여행에서 가장 중요한 것은 요가 매트다. 요가 Yogi 에게 요가 매트란 화가의 붓, 요리사의 프라이팬, 병사의 총, 찐빵의 앙꼬, 팬티의 고무줄 같은 것이다. 가장 기본적이고도 중요한 도구. 기본적인 것일수록 기본에 충실하라. 그것이 나의 지론이다.

요가 매트는 요가 전문 브랜드에서 나온 것이 좋다. 가격이 싸다고 해서 PVC 재질의 매트를 사면 화학 성분 냄새가 나서 건강에도 좋지 않을 뿐 아니라 먼지가 많이 묻어 관리하기 힘들다. 쉽게 더러워지면 쉽게 버리게 되니 결과적으로는 더 낭비. 조금은 투자한다는 기분으로 오랫동안 쓸 수 있는 매트를 살 것을 권한다. 바닥에 펼쳤을 때 지면에 적당히 밀착되고, 엄지와 검지로 쥐어보아 도톰한 두께를 가지고 있는 것이 좋다. 언제고 간편하게 이동할 수 있도록 매트를 말아 고정시켜주는 밴드나 전용 파우치가 함께 딸려 있는 것이 유용하다. 원색보다는 눈에 편안한 색상이 좋고, 눕고 앉고 서고 엉덩이에 받치는 등 온갖 형태로 쓰이는 물건인 만큼 단순하되 튼튼한 재질의 것을 고르자.

● 위대한 여행의 동반자, 책

아이팟과 책, 둘 중 하나만 챙겨야 한다면 책을 더 권하고 싶다. 꼼짝없이 아쉬람 안에서만 지내게 될 한 달간 모국어로 된 책은 무한한 위로이자 기쁨이 되리라 확신한다. 나는 『론리 플래닛 -인도편』과 백석의 시집, 작은 성경책을 챙겨 넣었다. 평소 읽고 싶었던 외국 작가의 책을 영문판으로 사서 보는 것도 괜찮다. 다 읽은 후에는 각국에서 온 친구들과 바꿔 보거나 아쉬람 내 도서관에서 다른 책과 교환할 수도 있으니까. 요가에 관한 책은 현지 도서관이나 서점을 통해 원 없이 만나볼 수 있지만, 영어 혹은 산스크리트어로 되어 있다는 것을 참고하자.

● **사소하지만 중요한 것들: 손전등, 숄, 물통**

여행 가기 전에 읽어본 인도 여행서들은 어김없이 '인도의 불안정한 전기 사정'에 대한 인상적인 소회를 밝히고 있었는데, 지금도 실상은 여전히 그러하다. 낮에는 상관없지만 어두워진 뒤에 예고도 없이 전기가 끊기면 별 수 없이 어둠 속에 갇혀야 하니, 작고 성능 좋은 손전등은 반드시 챙겨가도록 한다.

내가 떠났던 11월은 건기이자 겨울이라 인도를 여행하기에 최적의 시기였다. 그럼에도 인도 날씨는 좋게 말해 변화무쌍했다. 아침저녁으로는 초겨울 날씨라 제법 쌀쌀한데다 천장 위에 달린 거대한 선풍기 말고는 숙소 내에 별다른 냉난방 장치가 없어 밤에 잘 때는 한기가 느껴지기 쉬우니 얇고 가벼운 면 담요나 숄을 반드시 챙기자. 숄은 계절과 상관없이 이불, 옷, 수건, 커튼, 방석 등으로 다양하게 쓰일 것이니 권장품이 아니라 필수품이라 하겠다.

한 달 이상의 여행, 게다가 여행지가 인도라면 물통은 아주 아주 중요한 물건이다. 인도같이 더운 나라에서는 목도 자주 마른 법. 물론 현지에서 생수를 구입할 수도 있지만 매일 그렇게 한다면 그 비용도 만만치 않다. 플라스틱 물병보다는 등산용으로 나온 스테인리스 재질의 것이 좀더 위생적이다. 아쉬람 내 곳곳에는 정수기가 구비되어 있으므로 생수 공급은 원활한 편이다.

● 그 밖의 것들

이상의 것들을 챙겼다면 나머지 물품들은 각자의 기호와 취향에 따라서 마련한다. 사실 한 달간 머무는 여행이기 때문에 사전 준비, 즉 비행기 티켓 구입과 아쉬람 등록만 마치면 그 외에는 크게 준비할 것도, 따로 준비해야 할 돈도 별로 없다. 그저 가벼운 마음으로, 호기심과 인내심만 양쪽 주머니에 든든하게 들어 있다면 준비는 이미 끝난 셈이다.

1장.

아쉬람
속으로

◈
**아쉬람으로
걸어
들어가다**

길은 멀고도 굽었다. 아쉬람까지 오는 길. 물론 가까울 거라고 생각하지는 않았다. 서울에서 뭄바이까지 열 시간이 걸렸으니. 하지만 이렇게 멀고도 험한 길이라고도 생각하지 못한 건 어째서였을까. 꿈속에서처럼 벌컥 방문만 열면 바로 아쉬람으로 통하는 비밀통로라도 있을 줄 알았던 모양이다.

집을 나선 지 꼭 스물여섯 시간째. 비행시간보다 더 긴 시간을 인도의 공항과 길에서 보낸 뒤에야 나는 아쉬람에 도착할 수 있었다. 땀과 먼지 그리고 피로와 시차 부적응으로 뒤범벅된 몸. 마음은 더 말할 것도 없었다. 그래, 천축국이 그리 가까울 리 없겠지.

길고 구불구불한 길. 그건 비틀스의 노래 제목이기도 했다.

"더 로오옹 앤 와인딩 로오드……."

결국 오고야 말았다는 성취감과 안도감 그리고 피로가 한꺼번에 몰려들었다. 입에서 단내가 푹푹 나는 피곤한 와중에도 노래가 나오는 건 무슨 조화인 건지. 그런데 '길고 구불한 길' 뒤에 따라오는 가사가 도통 생각나질 않았다. 다시 한번 힘을 내서 "더 로옹 앤 와인딩 로드…… 와이……"라고 불러보지만 역시 마찬가지. 하지만 멈출 순 없다. 아쉬운 대로 '더 롱 앤 와인딩 로드'만으로 연결된 비틀스의 〈길고도 굽은 길〉을 연신 불러젖힌다.

나란 존재는 어째서 이토록 모순덩어리인 걸까. 힘겹게 도착한 끝에 든 생각이라는 게 고작 '아아, 이제 고생은 그만. 그냥 집에 가고 싶다'라니. 다르게 표현할 수도 있겠다. '젊어서 고생은 사서도 한다지만, 이젠 젊지도 않은데 집 나와서 웬 생고생이냐……'

아쉬람에 도착하자마자 스스로의 한계를 깨닫게 된다. 사람이 이렇다. 만 하루 동안 씻지도 자지도 못하고 길 위에 있었더니 그저 만사가 귀찮고 힘들어진다. 그로기 상태(Groggy_ 권투에서 심한 타격을 받아 몸을 가누지 못하고 비틀거리는 일)로 '이제 더이상은 도저히……'라고 생각했던 바로 그 순간, 유난히 덜컹

거리던 택시가 어디론가 들어선다. 자욱한 먼지 사이로 아쉬람의 풍경이 한눈에 들어온다. 순간, 울컥인지 울렁인지 모를 감정이 솟구친다.

"아가씨, 일어나요. 다 왔어요."

꼬깃꼬깃한 지폐를 건네받은 기사는 내 짐을 내려놓고 도망치듯 사라졌다.

내 덩치만한 노란 배낭을 어깨에 간신히 둘러메고 고개를 들었다. 둥근 아치형 정문에 영어로 'Welcome to Yoga Ashram', 그 옆에는 힌디어로 같은 말이 사이좋게 쓰여 있다. 여기가 아쉬람이구나. 생각보다 크지 않다. 이곳이 내가 한 달간 '살며 사랑하며 배우며' 지낼 곳이로구나. 빨강머리 앤이 막 초록색 지붕 집에 도착했을 때의 기분이 이랬을까. 천신만고 끝에 도착한 아쉬람이 어느새 마음속으로 쑤욱 밀고 들어왔다.

그렇게 아쉬람을 쳐다보고 있자니 좀 전까지의 피로는 말끔히 사라지고 다시 가슴이 두근거리기 시작한다. 과연 여기에서 나는 무엇을 배우고 누구를 만나고 얼마나 또 자라날까. 기분 좋은 기대감이 무거운 피로를 달아나게 한다. 그러니까 '더 롱 앤 와인딩 로드'의 다음 가사는 기억나지 않아도 이 길의 끝에는 아쉬람이 있는 거였다.

'사무실'이라고 적힌 건물로 들어서자 옆의 주방에서 인도 사람 하나가 특유의 맑은 눈망울을 빛내며 다가온다.

"하리 옴Hari om, 아쉬람에 오신 걸 환영합니다. 여기서 잠시만 기다리세요."

하리 옴? 헬로라는 뜻인가? 아마 그와 비슷한 말이리라.

"하리 옴."

들릴락 말락 나도 조그맣게 소리 내어 따라해본다. 버석버석 마른 입을 오므려 '옴'이라고 소리 내는 순간 예기치 않게 입안에 감도는 부드러운 울림. 낯설고 신비한 진동이 식도를 타고 내려가 폐부를 따뜻하게 데우는 것이 느껴진다.

이윽고 그가 데려온 사람은 놀랍게도 나와 같은 까만 머리의 동양인이다. 따뜻한 감빛의 간편한 사리를 걸치고 있다. 침착한 인상. 내 또래이거나 한두 살 많거나.

"하리 옴, 내 이름은 시앙링이에요. 이곳의 자원봉사자죠. 지금 막 도착했나요? 일단 방으로 안내해드릴게요."

사무실과 주방이 있는 메인 건물을 지나 야트막한 언덕으로 난 계단을 올라가니 아담한 사이즈의 숙소 건물들이 마주보고 서 있다. 군더더기 하나 없는 소박한 형태이지만 담벼락에는 화려한 요가 전통 문양들이 그려져 있다. 재능 있는 아마추어가 공들여 그린 솜씨다.

"내가 제일 처음 도착한 건가요? 아직 아무도 없는 것 같은 데……."

"아뇨. 오전에 한 명이 먼저 도착했어요. 지금 아마 자고 있을 거예요."

안내한 방으로 들어서자 그녀의 말대로 아쉬람 최초의 도착자가 미동도 없이 곤히 잠들어 있다.

"자, 일단 짐부터 풀어요. 내가 이불과 모기장을 가져다줄 테니."

시앙링은 최초의 도착자를 방해하지 않으려고 목소리를 낮춘다. 사려 깊은 사람인 걸 알 수 있다. 만난 지 십 분도 되지 않았지만 벌써 그녀가 마음에 든다. 싱가포르에서 왔다는 링은 냉정하다 싶을 정도로 조용한 성격이다. 게다가 싱글리시(Singlish_영어와 중국어를 혼합한 싱가포르식 영어) 특유의 와자지껄한 영어 발음도 없다. 처음부터 그런 건지 아쉬람의 영향인 건지 자못 궁금해진다. 한 달 뒤엔 나도 그녀처럼 이렇게 차분해질 수 있을까.

"좀 쉬다가 나중에 저녁 먹으러 내려와요. 아까 주방이 어딘지 봤죠? 사무실 바로 옆이에요."

"네, 고마워요. 나중에 봐요."

시앙링이 나가고 나자 긴장이 탁 풀린다. 최초의 도착자이자 앞으로 한 달간 내 룸메이트가 될 친구는 꼼짝도 않고 잠들어 있다. 링은 그녀가 시애틀에서 왔다고 알려주었다. 나보다 더 먼 길이었을 테니 분명 곤할 것이다. 나 역시 피곤하긴 했지만 잠이 올 것 같지 않아서, 룸메이트가 깨지 않도록 조심스럽게 짐가방을 풀기로 한다. 등에 메고 올 때는 돌덩이처럼 무거웠지만 막상 풀고 보니 짐이 얼마 없다. 문득 한국에 두고 온 것들이 떠오른다. 손과 눈에 익은 것들, 익숙하고 편안한 나의 소유물들, 모든 것이 아득하기만 하다. 겨우 하루 만에 이렇게 모든 것들로부터 멀어지다니. 그립지 않다고 하면 거짓말이겠지. 잘 있을까. 내 방, 내 물건들, 내 것이라 불렸던 것들 그리고 벌써 그리운 나의 사람들. 그들도 나를 그리워할까. 벌써 나 따위는 까마득히 잊어버린 게 아닐까. 한없이 늘어지려는 생각의 꼬리를 자르고 다시 짐을 푼다.

침대 옆에 붙어 있는 작은 1인용 캐비닛에 옷가지들을 걸었다. 옷은 가볍고 낡은 것들로 가져왔다. 여기에서 한 달간 열심히 입은 뒤 모두 두고 갈 생각이다. 캐비닛 안에는 조그만 개인용 금고가 딸려 있다. 금고에 둘 만한 귀중품 같은 건 내게 없다. 달러로 바꿔온 한 달치 수업료와 약간의 인도 루피만 있을 뿐. 낡고 녹슨 캐비닛 소리가 요란하다. 아무리 조심해도 녹슨 이음새를 뚫고 끼이익 하는 쇳소리가 귀를 파고든다. 이런, 아직 인사도 나누지 못한 룸메이트가 벌떡 일어나 나를 미워할 것만 같아 노심초사.

겨우 짐을 다 풀고는 시앙링이 갖다준 깨끗한 침대 시트를 매트리스 위에 깔고 베갯잇도 싼다. 침대 네 귀퉁이에 있는 이 철심은 뭐지? 아, 모기장을 거는 곳이군. 대강 정리를 끝낸 뒤 잠시 몸을 누인다. 한 사람이 누우면 꼭 맞는 싱글 침대. 눈을 감고 잠시 상념에 빠져든다. 여기에 누워 있었을 누군가를 상상해보며.

깜박 잠이 들었나보다. 눈을 뜨니 아까는 자고 있었던 룸메이트가 일어나 있다. 키가 크고 늘씬하다. 역시 나와 같은 동양인이다. 어디서 왔을까. 서로 통성명을 하는데 이게 웬일인가, 한국 사람이다. 반갑기도 하고 신기하기도 하다. 분명 시애틀에서 왔다고 들었는데, 알고 보니 오래전 시애틀로 건너가 간호사로 일하고 있는 한국계 미국인이었다. 인도 북부, 뭄바이에서 다섯 시간

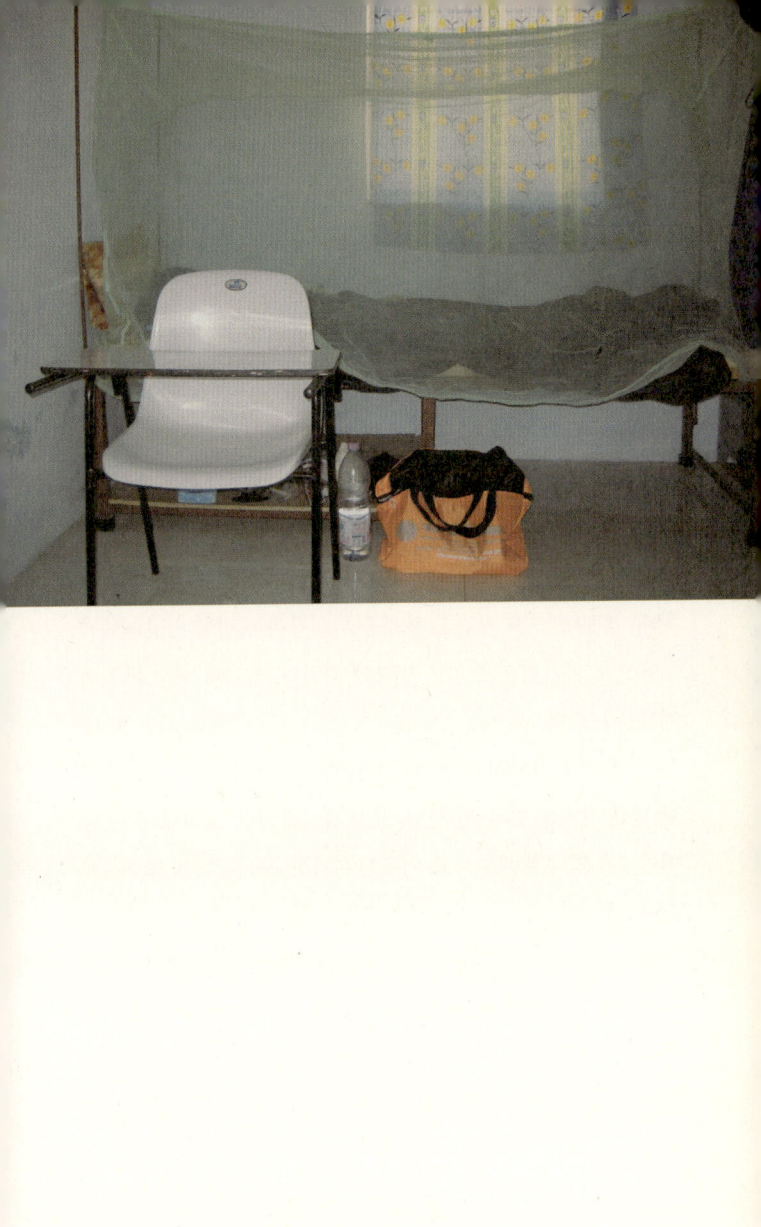

을 달리고 다시 한 시간을 더 들어와야만 하는 이런 시골, 아니 아쉬람에서 동향 사람을 만나니 묘한 기분이 들었다. 시애틀로 간 이유도, 아쉬람에 온 이유도 궁금했지만 서둘러 묻지는 않았다. 여긴 아쉬람이고 우리에게 시간은 충분했으니까. 민이는 나의 첫 번째 아쉬람메이트이자 룸메이트였다.

어느덧 해가 졌다. 아직 시차 적응이 되지 않은 탓에 정신은 몽롱했지만 배꼽시계가 울렸다. 민이와 함께 식당으로 향했다. 첫 인도 여행, 첫 아쉬람, 첫 아쉬람메이트 그리고 아쉬람에서 먹는 첫 식사. 무엇이든 처음이 중요하고 시작이 반인 셈이다. 설렘과 기대, 흥분 그리고 약간의 두려움과 긴장이 뒤범벅된 상태에서 처음으로 아쉬람의 요리를 맛보게 되었다. 바닥에 단정히 앉아 기도를 드린다.

"아쉬람에 무사히 도착하게 해주셔서 감사합니다. 이곳에서 한 달간 배우는 삶을 허락해주셔서 감사합니다. 그리고 좋은 룸메이트를 만나게 해주시고, 이렇게 따뜻한 음식을 먹게 해주셔서 감사합니다."

소박한 저녁상이 마련되었다. 갓 구운 차파티Chapati와 뜨거운 커리 스프 그리고 신선한 야채 모듬이 전부이지만 먹음직스러워 보인다. 서로 말은 일절 하지 않는다. 처음엔 그저 서로 피곤해서 그렇겠거니 했는데, 알고 보니 식사 때는 말을 하지 않는 것이 이곳 아쉬람의 원칙 중 하나였다. 뜨거운 음식이 들어가자 긴장했던 몸과 마음이 이내 풀어진다. 가슴속에서 기분 좋은 예감이 조용히 차오른다. 그래, 잘 왔어. 부딪쳐보자. 적어도 여기 머무는 한 달 동안은 나 자신에게 솔직해지자. 그러고 나면 무엇이든 알게 되겠지. 걱정은 접어두자. 그렇게 나의 아쉬람 라이프가 시작되고 있었다.

저녁은 정말 맛있었다. 우리 식으로 치면 갓 지은 밥에 김치에 김 그리고 된장국 정도의 식단이었는데도 최근 맛본 식사 중 손에 꼽을 정도로 신선하고 품위 있는 음식이었다. 시장해서인지 그날 저녁의 분위기 때문인지 그도 아니면 긴 여행의 긴장이 풀린 탓인지 모르겠지만, 소박한 그날의 저녁식사에서는 '엄마가 차려준 밥상' 같은 따스하고 평온한 맛이 났다. 마치 '위로'라는 이름이 붙은 것처럼.

저녁식사 자리에는 모두 열 명 남짓의 사람들이 모여 있었다. 아직 수업을 시작하기 이틀 전이라 대부분은 이곳에서 일하는 인도인들이었다. 주방일을 돕는 키친 레이디들과 아쉬람 운영을 돕는 남자 스태프 몇 명. 자원봉사자 링과 룸메이트 민이를 제외한 나머지 사람들은 아직 서로에게 이방인이었다. 하지만 한 끼 식사를 함께하고 나자 우리는 이내 '함께 밥을 먹은 사람들'이 되었다. 먹을 것을 함께 나누는 것만큼 낯선 이와 금방 친해지는 법을 나는 알지 못한다. 아쉬람에 도착한 지 반나절도 채 되지 않았지만 이미 '아쉬람 사람'이 된 기분이었다. 휴우, 잘 왔구나. 안도의 한숨.

도대체 무엇이 나를 여기까지 오게 만든 것일까. 호기심? 낭만? 치기? 어떤 이름을 붙여도 상관없다. 중요한 건 여기에 내가 있다는 사실이니까. 이렇게 열심히 스스로를 시도해보고 있다는 거니까. 적어도 이 순간만큼은 나 자신에게 진실하다는 거니까. 그것만으로도 이 여행은 완성되었는지도 모른다. 하지만 성급한 결론을 내리기보다는 숨을 고르고 찬찬히 살아보자고 생각했다. 어떻든 한 달이라는 시간은 지나갈 것이다. 나는 여기 아쉬람에 와 있다. 저곳이 아닌 이곳, 익숙하고 편한 곳이 아닌 완전히 낯선 곳에 말이다.

갑자기 가슴이 벅차고 눈물이 나려 했지만, 쉽게 감상적이 되려는 마음을 다잡았다. 진정하자. 성급한 기대나 섣부른 냉소는 그만두자. 이곳을 떠날 때 내가 무엇을 얻게 될지는 아무도 모른다. 일단 깨끗이 비우자. 아쉬람 라이프는 내가 기대한 것만큼 신비롭거나 이상적이지 않을지도 모르지만, 적어도 철저하게 나 자신으로 살아갈 수는 있을 것이다. 관찰자가 아닌 체험자로서. 이곳에서 나는 완벽한 이방인이지만 철저한 생활인으로 지낼 것이다. 단순한 삶이겠지만 왠지 고독하지는 않을 것 같다.

저녁을 먹고 나자 갑자기 졸음이 쏟아졌다. 시간은 아직 이른데도 밖은 이미 새까맣게 어두워졌다. 빈 그릇을 정성들여 씻고 방으로 돌아와 이내 곯아떨어졌다.

◈
첫날,
첫 생활,
첫 마음

추위. 몸을 파고드는 것은 분명 추위였다. 나, 설마 아직도 서울 인 건가. 한기에 눈을 떴다. 아니 눈을 제대로 뜨려고 노력하면서 한편으로는 사태를 파악하려 애썼다. 여기는 어디고 난 누구인 가. 어제 분명 인도에 왔는데. 여기가 인도가 맞다면 이렇게 추워 서는 안 되는 건데. 추위 때문인지 시차 때문인지 한동안 비몽사 몽이었다.

시계를 보지 않아도 한참 이른 새벽인 게 느껴진다. 원래 징그 러울 정도로 아침잠이 많은 편인데 낯선 곳에 오거나 이사를 하 거나 하는 때는 거짓말처럼 일찍 일어나게 된다. 아마도 몸이 먼 저 알기 때문일 거다.

부르르 몸이 떨린다. 방이 꽤 쌀쌀했다. 지금은 11월 중순. 11월이든 12월이든 인도는 내게 처음이니 적응하는 데 시간이 걸릴 것쯤은 알고 있었다.

인도에 이런 으슬으슬함이 있을 줄이야. 서울에서 가지고 온 얇은 이불과 어제 링이 준 이불을 둘둘 말아보았지만 한기가 온몸을 스멀스멀 파고든다. 시앙링에게 좀더 두꺼운 담요를 달라고 해야겠다. 일어나긴 했지만 아직도 밖은 어두컴컴하기만 하다. 온갖 장르가 뒤섞인 꿈을 꾼 덕분에 더 잘 수도 없다. 머리가 아파 왔다. 낯선 곳에 오면 긴장해서인지 항상 묵직한 꿈을 꾸게 된다. 더듬더듬 스위치를 찾았지만 아직 전등불은 들어오지 않는다. 인도의 전력 상황이 열악하다는 것은 책에서 읽었다. 게다가 여기는 깊은 산속 시골 어귀의 작은 아쉬람이다. 앞으로 익숙해지는 수밖에 없겠지. 손전등을 가지고 오긴 했지만 어디다 두었는지 모르겠다. 일단 몸을 일으켰다. 어둠 속을 응시하자 천천히 방의 반듯한 정경이 눈에 들어왔다. 민이는 곤히 잠들어 있고 나머지 침대 두 칸은 아직 비어 있다.

새벽 4시 15분. 이런, 아직 너무 이르다. 말도 안 되는 시간에 일어났다. 서울에서라면 어림도 없는 일인데. 다시 잠을 자긴 글렀다. 뭐라도 해야겠다 싶어 밖으로 나왔다. 화장실을 가려다 문득 하늘을 올려다보았다. 순간, 숨이 멎는다. 눈이 부시다! 캄캄

한 새벽하늘에 별들이 그야말로 '별빛처럼' 박혀 있다.

"우와아아!"

나도 모르게 감탄이 나온다. 너무 아름답구나. 별자리라든가 천문학이라든가 하는 것에는 문외한이지만, 그런 것과는 상관없이 무어라고 이름 붙여도 좋을 수천 개의 별들이 촘촘히 빛을 내며 반짝인다. 그러니까 이건 '아쉬람과 별과 나'. 낯섦도 추위도 순식간에 사라지고 그 옛날 한 시인이 마음으로 '별을 헤었던' 바로 그 밤이 머리 위에 펼쳐져 있었다.

방으로 들어가 요가 매트를 가지고 나왔다. 낮에 봐두었던 메인 홀로 들어가기로 마음먹었다. 끼이익. 나무로 만든 문을 조심스레 젖히고 안으로 들어간다. 들판을 향해 나 있는 단정한 여섯 개의 창문 사이로 별빛이 무리지어 쏟아져 들어온다. 아직 한창 어둡지만 달과 별이 있으니 괜찮다.

바닥에 편 요가 매트 위에 허리를 곧게 세우고 앉았다. 딱히 어떤 동작을 해야겠다는 생각은 없었다. 그저 조용히 앉아 심호흡을 하고 싶었을 뿐. 어둠 속에 앉아 숨을 내쉬고 들이쉬는 사이에 복잡한 꿈으로 어지러웠던 마음도 가라앉는다.

이제 날이 밝으면 본격적으로 사람들이 도착할 것이다. 어떤 이들을 만나게 될까. 졸업한 후로 사람들과 '공동생활'을 해본 경험이 거의 없어 걱정스럽긴 하지만, 섣부른 판단은 금물이다. 있

는 그대로 보고 듣고 받아들이고 배우자. 그러기 위해 여기까지 온 것이 아닌가.

잠들어 있던 아쉬람도 아침이 밝자 조금씩 활기를 띠기 시작한다. 스태프들은 본격적으로 손님들, 아니 전 세계에서 모여든 요기들을 맞을 준비에 한창이다. 아침을 먹고 나자 사람들이 속속 도착한다. 결심을 하고, 짐을 챙기고, 각자의 집을 나와 비행기를 타고 인도에 도착해 이곳 아쉬람에 오기까지 그들은 무슨 생각을 했을까.

오후 시간. 아쉬람 안팎이 왁자지껄하다. 지나치게 조용했던 어제와는 다른 풍경이다. 햇살이 뉘엿해진 네시, 스태프들이 분주하게 방을 돌며 곧 오리엔테이션, 말하자면 '아쉬람 입소식' 같은 것이 시작됨을 알린다. 우리가 아쉬람을, 또 아쉬람이 우리를, 그리고 우리가 서로를 처음 만나게 되는 시간. 처음이란 언제나 이렇게 사람을 들뜨게 하나보다. 이 작은 떨림이 나만의 감정은 아니겠지. 다른 사람들의 표정을 보니 배시시 웃음이 나온다. 그렇다. 사람이 이렇게 먼 곳까지 찾아올 때에는 다 그만한 이유가 있는 것이다.

흥분과 기대가 뒤섞인 가운데 메인 강당으로 사람들이 모여들기 시작했다. 메인 강당에는 지금의 요가 이론을 집대성한 위대한 요가의 아버지, 파탄잘리Patanjali에서 딴 '파탄잘리 홀'이라는 이름이 붙어 있다. 앞으로 여기에서 요가에 대한 모든 것을 배우게 되는 거다.

해는 이미 저만치 기울고 홀 한가운데로 석양이 길게 꼬리를 늘어뜨린다. 사람들 얼굴 하나하나에 부드러운 그림자가 깃드는 모습을 보고 있는데, 바깥에서 주홍빛 사리를 입은 한 무리의 인도 사람들이 들어온다. 이 아쉬람의 설립자인 구루지와 실질적인 운영자인 간다하르 선생 그리고 그의 어시스턴트인 파샨이다. 어쩐지 서로 닮았다 싶었는데 역시 구루지와 간다하르는 부자지간. 파샨은 이 부자의 든든한 조력자인데 어딘지 모르게 사람보다는 강아지를 연상시키는 인상이다. 간다하르 선생은 크지 않은 키에 다소 마른, 그렇지만 요가로 단련된 몸을 가졌다. 눈매는 크고 둥글어 선한 인상이지만 눈빛만은 날카롭다. 그 또렷한 눈으로 찬찬히 파탄잘리 홀을 둘러보더니 이내 온화한 미소를 짓는다.

"장시간의 비행과 많은 준비 과정을 겪고, 귀한 돈을 들여 이곳까지 온 여러분을 환영합니다. 내일부터 본격적인 아쉬람 생활이 시작될 텐데, 그 전에 당부하고 싶은 것이 있습니다. 이곳은 여러분이 보다시피 시골 마을 한가운데에 있습니다. 이 아쉬람을 제외한 다른 곳은 모두 다른 농부들이 집을 짓고 사는 조용하고 평

범한 마을이지요. 여러분은 이제 이곳에서 한 달이라는 시간을 보내게 됩니다.

여러분이 기억해야 할 것은 이 아쉬람의 주인은 여러분이 아니라는 겁니다. 물론 나도 아닙니다. 여기는 그저 자연으로부터 잠시 빌린 곳이지요. 여기서는 철저하게 아힘사Ahimsa의 정신이 지켜집니다. 즉, 설사 맹독을 가진 뱀이나 전갈 혹은 하찮은 개미 한 마리라 할지라도 함부로 죽이거나 학대할 수 없습니다. 왜냐하면 이곳은 원래 그들의 것이니까요. 여러분도 이 점을 반드시 기억해두시기 바랍니다.

그것 외에 다른 특별한 규율은 없습니다. 그저 성실하게 이곳에서 하루하루 생활하면 됩니다. 여러분이 이 아쉬람에 온 이유는 무엇입니까? 여러 가지가 있겠지만 마지막에 이곳을 나갈 때 여러분은 한 가지만 가지고 나가면 됩니다. 바로 자신의 마음을 다스리는 법, 다른 말로 '밸런스Balance'라고도 하는 것이죠. 여기서 생활하는 동안 자신만의 균형을 찾아가길 바랍니다."

왁자지껄했던 분위기는 간다하르 선생의 환영사에 이내 차분해졌다. 한편으론 어리둥절하고 한편으론 설레던 사람들의 들뜬 마음을 단박에 가라앉히는 힘있는 음성. 모두들 이곳을 새삼 경이로운 눈으로 둘러본다. 집을 떠나 드디어 아쉬람에 와 있구나 하는 느낌. 비록 낡고 허름한 아쉬람이지만 이 많은 사람들이 떠나온 이유는 바로 그 소박함을 배우기 위해서였다.

입소식이 끝나자 스태프들과 자원봉사자들이 모두에게 가방을 하나씩 나눠준다. 제법 묵직하다. 가방 안에는 요가에 관한 책들이 들어 있다. 요가 철학과 기초 이론, 아사나Asana, 심지어 병리학과 해부학에 대한 책까지…… 설마 이걸 한 달 안에 다 배우라는 건 아니겠지?

휘리릭 책장을 넘기다 책에 코를 푹 박는다. 새 책을 대하는 나의 자세. 책과 나만의 첫인사. 킁킁, 후욱. 낯설고 묘한, 어딘지 모르게 달큰한 냄새. 먼 이국의 향. 이 사람들, 책에 향수라도 뿌린 건가. 그래, 이건 분명 아쉬람의 냄새다. 앞으로 한 달간 이 냄새에 익숙해지겠지. 아쉬람에서의 첫날, 그리고 새 책과 새로운 냄새. 오랜만이다, 이런 기분. 신났다. 크고 많은 것들이 나를 기다리고 있다는 것을 그 냄새에서 알아차릴 수 있었다. 두근, 하고 가슴이 뛰기 시작했다.

아쉬람의
수칙,
내 삶의 법칙

'아쉬람'은 본래 힌두교에서 영적 수행자들이 함께 기거하며 수련하는 곳을 말한다. 인도 하면 떠오르는 위대한 영혼 마하트마 간디는 일찍이 영국에 대항하여 비폭력운동을 전개함과 동시에 스스로 아쉬람을 지어 세상에서 가장 미천하고 비루하고 쓸쓸한 계급인 '불가촉천민'들을 받아들여 그들과 함께 기거했다. 그가 운명한 지 수십 년이 더 지난 지금에도 불가촉천민과 아쉬람, 방황하는 영혼들은 여전히 남아 있다.

인터넷에서 아쉬람을 검색해보면 인도는 물론 서울과 뉴욕과 시드니 그리고 부에노스아이레스에 이르기까지 이루 셀 수 없을 정도로 수많은 아쉬람이 존재하고 있음을 알게 된다. 〈먹고 기도하고 사랑하라Eat Pray Love〉라는 영화 덕분에 예전보다 좀더 알려

지긴 했지만, 아쉬람은 여전히 낯선 이름이다. 유래가 어떻든 간에 지금의 아쉬람은 종교나 국적, 나이나 성별에 상관없이 누구에게나 열려 있는 작은 공동체이자 공간이다. 나다운 삶, 단순한 삶 그리고 더 나은 삶을 찾기 위해 사람들은 아쉬람으로 온다.

좋은 삶이란 어떤 걸까. 아주 나쁜 삶이란 없듯이 완전히 좋기만 한 삶도 있을 수 없다. 다만 스스로 정한 규칙과 신념을 지키며 자유롭게 살아가는 것, 그 정도라면 좋은 삶이라고 할 수 있지 않을까. 적어도 남에게 강요받거나 강요하지 않고 스스로 조율하며 사는 삶 말이다.

그러나 살다보면 그것만큼 어려운 삶도 없다는 것을 알게 된다. 누구의 도움도 없이 혼자서 살아가자면 막막하고 대책 없을 때가 더 많으니 말이다. 이렇게 무질서하고 엉망진창인 삶을 살 바에야 자유의지 따위는 차라리 없는 게 낫지 않을까 싶을 때도 있다. 차라리 어린 시절처럼 누군가 나를 엎어놓고 엉덩이라도 찰싹찰싹 때려가며 인생의 옳고 그름에 대해 제대로 가르쳐주었으면 하고 바라기도 한다. 그런데 아무리 둘러보아도 내 엉덩이를 때려줄 누군가 없다면, 그때는 스스로 정신을 차리는 수밖에 없다.

좋은 삶을 살기 위한 법칙이란 그러니까 물건으로 치자면 '사용설명서' 같은 것이다. 물건을 만든 사람이 그것을 사용할 불특정 다수를 위해 가장 정확한 언어, 정성 어린 삽화와 사진을 넣어 다소 방대하더라도 백과사전에 가까운 매뉴얼을 만드는 데는 다 그만한 이유가 있다(설령 그것을 아무도 읽지 않는다 하더라도 말이다). 세상에서 가장 유명한 '인생설명서'로는 성경과 불경, 바가바드기타 그리고 수만 수천 권의 위대한 책들이 있다. 하지만 아무리 주옥같은 글들도 내 삶과의 접점이 없다면 그저 하얀 종이에 그려진 그림에 지나지 않는다. 내가 아쉬람으로 온 이유는 바로 그 접점을 찾기 위해서일지도 모르겠다.

요가를 배우고 실천하는 곳이자 공동체 생활을 하는 아쉬람에는 생각했던 것보다 규율이 많았다. 네 명이 함께 쓰는 방, 파탄잘리 홀, 명상실, 주방, 도서관, 사무실 할 것 없이 지켜야 할 기본적인 규칙들이 있고, 그런 '아쉬람 생활 수칙'은 정성스레 타이핑되어 아쉬람 곳곳에 붙어 있었다.

아쉬람 생활 수칙

1. 다른 수련생들과 스태프들을 존중하며 타인의 물건을 소중히 여깁니다.

2. 아쉬람의 일정에 매일 성실히 참여합니다.

3. 수업중에는 휴대폰을 꺼둬야 합니다.

4. 소등 시간은 밤 10시 30분입니다. 오전 5시 45분까지는 정숙해야 합니다.

5. 식사시간에는 침묵하십시오.

6. 요가 식단에 익숙해지십시오. 균형과 영양을 갖춘 식이요법입니다. 감사하는 마음으로 식사하세요. 외부 음식은 가지고 올 수 없습니다.

7. 아쉬람 안에서는 단정하게 옷을 입어야 합니다. 어깨와 무릎이 덮이는 옷을 입고, 몸에 딱 붙거나 몸이 많이 드러나는 옷은 피하도록 합니다. 인도 전통 의상을 입는 것도 좋습니다.

8. 아쉬람을 대표하는 사람으로서 그리고 요가수행자로서 아쉬람 안팎에서 항상 바르게 행동하십시오.

9. 휴일에 시내에 나갈 때에도 식사는 가급적 시내에 있는 아쉬람 사무실에서 하길 권합니다. 다른 식당에서 먹는 것도 상관없지만 외부 음식으로 인한 위험을 줄이기 위해서입니다.

10. 열린 눈으로 세상을 바라보십시오. 친절하게, 인내심을 가지고, 평안하게, 관용을 가지고, 차분하게, 정직하게 그리고 긍정적으로.

11. 정직, 비폭력, 무소유 및 남의 것을 훔치지 않는다는 요가의 원칙들을 따르십시오.

12. 아쉬람 안에서는 개인 위생에 신경 쓰고, 방을 항상 깨끗하게 정리함으로써 룸메이트들을 존중해주십시오.

13. 요가 수련 시간 외에는 다른 수련생들 또는 스태프들과 개인적인 친밀감을 지나치게 표시하지 않습니다.

14. 이성을 숙소에 들여서는 안 됩니다.

15. 어떤 종류의 유해물질(술, 마리화나, 담배 등)도 아쉬람 안에 들여와서는 안 됩니다.

16. 아쉬람 주변의 개들에게 먹이를 주지 마십시오.

※ 참고: 위의 수칙들 중에는 강한 의지와 노력을 필요로 하는 것들이 있습니다. 도움이 필요하면 언제든지 스태프와 상의해주십시오.

이 수칙들을 가만히 살펴보면서 그동안 아쉬람에서 어떤 크고 작은 문제들이 있었고, 또 앞으로 일어날지를 얼마간 짐작할 수 있었다. 1~6번까지는 무난한 수칙들이다. 먹고 자고 일어나고 수업에 참여하는 모든 일을 성실히 하라는 의미니까.

그런데 7번으로 넘어가면서부터 논조가 강경해지기 시작한다. 8번과 9번을 보면 아쉬람에 온 수행자들이 그전까지의 자신의 모습이나 습관을 버리지 못하고 여전히 자유분방하게 행동했으리라 유추해볼 수 있다. 단지 아쉬람에 왔다는 사실 하나만으로 사람이 한순간에 변하는 것은 아니니까 말이다. 10번과 11번에서는 다시 평정심을 되찾고 아주 근본적인 원칙들을 이야기하지만, 이내 인간관계(12번), 이성 문제(13번, 14번), 향락과 유흥(15번) 등의 위험도 항상 도사리고 있다는 사실을 상기시킨다. 그래도 마지막에는 너무 무거워지지 않게 하려는 듯 다소 유머러스하게 아쉬람의 개들에게 애정 어린 시선을 던지며 생활수칙을 마무리한다(16번).

아무튼 마음을 단단히 먹고 먼 데 있는 아쉬람을 찾아왔어도 과거의 생활습관을 내려놓고 수행한다는 건 만만한 일이 아니다. 크고 작은 아쉬람의 규율들. 하지만 그것들은 자신의 마음을 스스로 다스리는 일에 비하면 아무것도 아님을 우리 모두는 알고 있었다. 어느 작가는 '나는 소망한다. 내게 금지된 것을'이라고 했지만, 내가 간절히 원한 것은 나 자신을 기꺼이 금욕적인 삶 속으로 던져보는 것이었다.

학교를 졸업한 후에야 '자유'의 무서움을 알았다. 무한한 자유 속에 던져졌을 때 극도로 불안해졌고 어디로 어떻게 가야 할지 알 수 없었다. 그리고 서서히, 진짜 자유란 스스로 원칙을 세워나가는 데서 온다는 걸 조금씩 깨닫기 시작했다. 존 레논이 했던 "전쟁은 끝났다. 당신이 원하기만 한다면"이라는 말을 조금 변형해 나는 이렇게 말하련다. "자유는 이미 시작되었다. 당신이 스스로를 통제할 수만 있다면."

아쉬람에서 내가 세운 원칙들은 아주 사소하고 조금은 시시했지만 그와 동시에 가장 중요한 것이기도 했다. 그러니까 이를테면 아래와 같은 것들.

1. 시계를 보지 않는다(혹은 너무 자주 보지 않으려고 노력한다).
2. 한국에서의 일을 걱정하지 않는다.
3. 아쉬람의 커리큘럼과 규율을 따른다.
4. 룸메이트를 존중한다.
5. 요가 식단을 철저히 지킨다.
6. 집에 자주 전화하지 않는다.

3~6번은 지키기 쉬웠지만, 1번과 2번에는 생각보다 많은 노력이 필요했다. 사람은 쉽게 변하지 않는 법이니까.

그런가 하면 '위대한 영혼' 간디는 일찍이 이런 산뜻하고 명쾌한 규율들을 제시했다고 한다.

1. 순수한 생각을 하고 게으르고 불순한 생각을 떨쳐버려라.

2. 밤낮으로 최대한 공기를 호흡해라.

3. 육체노동과 정신노동 사이의 균형을 지켜라.

4. 바르게 서고 바르게 입고 정결하고 단정한 행동 하나하나에 내면의 상태가 드러나게 해라.

5. 이웃에게 봉사하는 삶을 살기 위해 음식을 먹어라.

6. 먹는 물과 음식, 공기는 반드시 깨끗하게 해라. 나아가 주변 환경을 자신을 위한 것보다 세 배 더 깨끗하게 유지해라.

언뜻 보면 쉬운 듯하지만, 이런 원칙을 스스로 말하고 또 그대로 실천하기까지 간디가 걸었던 길을 생각해보면 왜 그가 '위대한 영혼'으로 불렸는지 짐작할 수 있다. 아무리 봐도 '이웃에게 봉사하는 삶을 살기 위해 먹는' 인생과 겨우 겨우 '요가 식단을 지키는' 정도의 삶은 천지 차이니까 말이다. 앞으로 또 얼마나 많은 시행착오를 겪으면서 살게 될까. 수많은 기쁨과 슬픔, 사랑과 미움, 행운과 불행 속에서도 끊임없이 하나씩 자신만의 삶의 규율을 세워나가야 한다는 것, 그것이야말로 내가 아쉬람에서 배운 첫번째 규율이었다.

헬로,
스트레인저

사람에게는 '때'가 있다. 누구나 그때를 지나면서 웃고 울고 자라난다. '때'라는 것은 그만큼 중요하고 그때를 '잘 지나는 것'은 더 중요하다. 인생은 결국 타이밍의 문제이니까.

그런데 인생과 타이밍 그리고 그 둘의 상관관계를 고민하다 인생의 새로운 순간을 찾아 떠나온 사람들이 있다. 아쉬람에서 만난 이들은 바로 그런 사람들이었다. 질풍노도도, 사춘기도 다 지난 때에 무언가 잃어버린 인생의 의미를 찾아보겠노라 떠난 이 한 무리의 사람들을 뭐라 부르면 좋을까. 낯선 사람들이니 '스트레인저Stranger'라고 불러볼까. 영화 〈클로저〉에서 나탈리 포트만은 사고처럼 첫눈에 반한 주드 로에게 이렇게 인사를 건네고는 바로 사랑에 빠졌다지. "헬로, 스트레인저."

그러나 생전 처음 본 마흔네 명의 스트레인저들에게 친근함을 느낀 건 왜였을까. 일부러 이렇게 모으려 해도 참 힘들었겠다 싶을 정도로 다양하고도 희한한 사람들의 조합. 각양각색인 이들의 공통점은 단 하나, 무언가를 찾기 위해 방황하다가 마침내 아쉬람을 찾아왔다는 것이었다.

이십하고도 일 세기. 무언가 더 새롭고 더 근사하고 더 파격적인 삶이 우리를 찾아올 것 같았지만, 실은 더 진부하고 더 외롭고 더 피곤한 시대에 살고 있을 뿐이라는 느낌. 우리는 여전히 혼란스럽고 불안하고 갈피를 못 잡고 있다. 누구는 '내가 인생에서 배워야 할 것은 유치원에서 다 배웠다'라고 했다지만 아무리 많은 학교를 졸업해도 우리는 여전히 방황하고 고민할 수밖에 없는 존재들이다.

동지애 혹은 전우애. 뭐라 불러도 상관없다. 나는 한 번도 만난 적 없는 낯선 이들에게 끈끈한 연대감을 느꼈다. 당신과 나, 괴짜라고 불릴지는 몰라도 최소한 겁쟁이는 아니잖아. 익숙함과 뜨겁게 굿바이하고 먼 아쉬람까지 온 용기가 어떤 것인지를 나는 누구보다 잘 알고 있었다.

4인 1실의 방에도 이제는 빈 침대 없이 사람들이 들어찼다. 아쉬람에 맨 먼저 도착한 민이, '새벽'이라는 아름다운 이름을 가진 단Dawn, 조랑말처럼 탄탄한 몸을 가진 소피 그리고 나. 이렇게 네 명이 한 달간 같은 방을 쓰게 될 동지들이었다.

하나의 공간. 네 명의 사람. 솔직히 말하자면 덜컥 겁부터 났지만 룸메이트들을 보자 일순 마음이 놓였다. 어딜 가든 누구를 곁에 두느냐가 일의 성패를 좌우한다는 것이 내 지론이다. 그런 점에서 일단은 안심. '스트레인저'가 '프렌드'가 되기 위해서 대화는 필수다. 나는 사람을 쉽게 사귀는 스타일이 아니다. 하지만 좋은 대화만큼은 언제든 환영이다. 좋은 사람들과 양질의 대화를 나누는 것만큼 큰 삶의 기쁨도 없으니까.

세 명의 룸메이트 중 가장 마음이 갔던 사람은 위스콘신에서 온 단이었다. 중학생이었을 때 영어 교과서에 '위스콘신의 농장'에 관한 글이 나온 적이 있었는데, 단은 바로 그 위스콘신의 농장에서 온 농부였다. 그렇다고 처음부터 그녀가 '위스콘신의 농부'는 아니었다. 원래는 뉴욕에서 광고 일을 하다가 그만두었다니 이른바 귀농을 한 셈이다. 나이는 나와 동갑이었지만 "아니, 어째서 이렇게 젊은 나이에 화려한 삶을 포기하고 귀농을!"이라는 말 따위는 나오지 않았다. 왜냐하면 자신의 현재 삶을 이야기하는 그녀의 눈에서 광채가 뿜어져 나왔기 때문이다. 아무나 가지고 있는 것이 아닌 그런 종류의 빛을 나는 절대 놓치지 않는다. 그녀는 단박에 내 마음에 들었다. 그녀가 쓰는 영어는 무척 아름다웠

다. 목소리가 차분하고 낮기도 했지만 단이 쓰는 단어나 말투에서 그녀의 속 깊은 성품을 단박에 알아볼 수 있었다. 거기에는 미국 영어 특유의 가벼움이나 성가신 구석이 없었다.

한없이 부드러워 보이는 그녀에게서 결기를 볼 수 있었던 건 손에 있던 문신 때문이었다. 단의 왼손과 오른손 약지에는 각각 ×와 ○라는 문신이 새겨져 있었다. 조심스레 그 의미를 물었다.

"왼손의 ×는 평생 결혼하지 않고 독신으로 살겠다는 뜻이고, 오른손의 ○는 평생 다른 이들과 어울려 살겠다는 뜻이야."

외유내강. 그것이 단에게서 받은 첫인상이었다. 단은 소규모로 유기농 재배를 하고 거기에서 나온 작물들을 정기적으로 주말농장에 가지고 나가 판매하는 데서 수입을 얻는다고 했다. 농부답게 그녀는 아쉬람 이곳저곳에 핀 식물과 과일들 그리고 음식에 관심이 많았다. 부지런히 그것들을 관찰하고 기록하는 것으로 보아 아마도 위스콘신에 돌아가면 새로운 식물들을 재배해볼 모양이었다.

소피. 그녀는 영국 태생이지만 현재 캐나다에서 댄서로 일한다고 했다. 이미 평균 연령이 서른 이상인 나머지 셋과 달리 소피는 이십대 초반의 에너지와 향기를 마음껏 분출하고 있었다. 그녀의 첫인상은 잘생긴 한 마리의 조랑말. 실제로도 그녀는 조랑말처럼 맨발로 아쉬람 안팎과 방 안팎을 넘나듦으로써 '영국 조랑말 아가씨'라는 이미지를 더 공고히 굳혀갔다. 4인 1실의 작은 방에서 소피의 침대 주변은 점점 말 우리처럼 변해갔고, 그 주위에는 항상 흙 묻은 발자국이 맴돌았다. 소피는 댄서답게 수업시간에 요가 아사나가 단연 돋보였다. 아쉬람의 아사나 테크닉을 연마하는 시간은 아니었지만, 그녀가 긴 팔 다리를 번쩍번쩍 들어올릴 때는 조랑말, 아니 사람의 몸은 정말 아름답구나 하고 감탄하곤 했다.

마지막으로 민이. 나보다 세 살 많은 그녀는 이 아쉬람에 가장 먼저 도착한 부지런한 사람이자 나의 첫번째 룸메이트였다. 나는 그녀 덕분에 매일 영어로 생활하는 데서 오는 긴장과 피곤함을 덜 수 있었다. 가끔 이유 없이 침울해질 때도 그녀와 잠깐 이야기하는 것에서 많은 위로를 받았다. 고등학교 때 미국으로 가서 간호사가 된 그녀 덕분에 해부학과 병리학 시간에 큰 도움을 받았다.

이렇게 멋진 룸메이트들을 만났으니 나는 꽤 운이 좋았던 셈이다. 단과 소피, 민이 그리고 나. 우리 네 명, 앞으로 한 달간 잘 부탁합니다!

자연에서
겸손을
배우다

　세 살 버릇은 여든까지 간다는데, 그만큼 살아보지 않았으니 잘 모르겠지만 적어도 삼십대까지 가는 건 확실한 것 같다. 나쁜 버릇일수록 그렇다. 나쁜 버릇 중에서도 가장 나쁜, 일의 처음과 끝을 머릿속으로 상상하고 미리 걱정하는 몹쓸 버릇.

　아쉬람에 와서도 걱정들이 끊이질 않는다. 일단 오긴 왔는데 잘 온 건지, 여기서 잘할 수 있을지, 한국에선 지금 다들 뭘 하고 있을지 생각이 꼬리에 꼬리를 문다. 이런 쓸데없는 생각들로 자신을 꽁꽁 묶어둔 나를 호되게 야단이라도 치려는 것일까. 기분 좋은 아쉬람 생활이 본격적으로 막 시작되나 싶었는데 갑자기 하늘에 구멍이라도 난 것처럼 비가 퍼붓기 시작한다. 비, 비라니! 우기가 끝난 지 이미 오래전인데 이게 웬 '마른하늘에 날벼락'인가.

퍼붓는 비 덕분에 쓸데없는 걱정은 사라졌지만, 현실적인 문제가 눈앞에 닥쳐왔다. 비가 새기 시작한 것이다. 밤새도록 무지막지하게 쏟아진다 싶었는데, 일어나보니 방이며 파탄잘리 홀이며 할 것 없이 비가 줄줄 새고 있다. 비를 피해 방 한가운데로 침대를 옮기고 양동이를 받쳐두었다. 11월의 몬순이라니, 세상에는 그 어떤 것도 당연한 게 없나보다. 인도 여행서에서는 분명히 인도의 11월이 그야말로 '덥지도 춥지도 않아서 가장 편안하게 지낼 수 있는 베스트 시즌'이라고 했는데, 비는 아랑곳하지 않고 억수같이 퍼붓고 또 퍼부었다.

지은 지 꽤 되어서인지 아쉬람 곳곳의 건물에서 비가 새고 있었다. 무엇보다 우리가 자는 방안에 온통 습하고 눅눅한 공기가 가득하다. 체감 습도 85퍼센트. 들이마시는 공기에서 곰팡내가 진하게 배어난다. 단 이틀 만에 수북해진 빨래들은 마치 비에 젖은 만국기처럼 처량하기만 하다.

이것으로 첫번째 수업이 시작된 셈인가. '레슨 1. 자연에 순응하는 법을 배워라.'

어마어마한 장대비 속에서 그저 이 비를 피할 곳이 있다는 것 그리고 이 빗속에서 혼자가 아니라는 것. 그 사실만으로도 왠지 모를 안도감과 감사를 느끼게 된다.

결국 오전 첫 수업은 중단됐다. 파탄잘리 홀도 이미 비로 흥건하다. 슬레이트로 된 건물 지붕을 무섭게 후려치는 빗소리에 어떤 말소리도 들리지 않을 정도다. 어떻게든 수업을 해보려던 간다하르 선생도 도저히 안 되겠다 싶었는지 양해를 구했다.

"원래 이맘때 인도는 건기라 비가 오질 않아요. 하지만 이상 기후로 이곳 북부뿐만 아니라 인도 전역에 폭우가 쏟아진다는군요. 일단 비가 잦아들 때까지 각자 방으로 돌아가 계세요. 일기예보를 점검한 뒤에 다시 상황을 알려드리도록 하죠."

처음 아쉬람에 도착했을 때는 제법 덥다고 느꼈는데, 반나절 꼬박 비가 쏟아지니 으슬으슬 한기가 든다. 가지고 온 옷을 죄다 꺼내 껴입었다. 집에 두고 온 많고 많은 옷들이 생각난다. 하지만 옷들은 거기에 얌전히 걸려 있을 뿐이고, 나는 여기서 이렇게 생생하게 한기를 느낀다. 갑작스런 폭우에 몸도 마음도 눅진하다.

도대체 언제 그칠까. 이만하면 됐다 싶은데도 비가 그칠 기미는 보이질 않는다. 저마다 얌전히 방안으로 들어가 자신만의 시간을 보내야 한다. 당연히 TV나 인터넷, 라디오 같은 것은 전혀 없다. 그제야 다시 한번 내가 어디에 와 있는지 깨닫는다.

"아아, 언제쯤 비가 그칠까?"

"글쎄, 지금 내리는 걸로 봐서는 한참 더 기다려야 할 것 같은데?"

"이런, 가지고 온 옷들도 다 빨아버렸는데……. 내 몸에서 곰팡이 냄새가 나더라도 좀 참아줘. 룸메이트님들."

그렇게 꼬박 하루를 퍼부은 다음날, 혹시나 그치지 않을까 기대했지만 나의 바람을 비웃기라도 하듯 비는 더욱 맹렬히 쏟아진다. 정말 지독한 폭우다. 신기한 건 이런 와중에도 내 마음이 차분하다는 것. 서울이었다면 분명 짜증과 역정을 냈을 텐데 말이다. 먼 이국 땅에, 게다가 주변에 변변한 시설 하나 없는 아쉬람에 갇혀 있다시피 하다보니 오히려 자연에 대한 경외심이 뭉게뭉게 피어난다. 이 상황에서 할 수 있는 것이라곤 그저 묵묵히 기다리는 것뿐. 자연의 위엄 앞에서 인간이 할 수 있는 건 기도밖에 없다는 걸 깨닫는다.

나는 생각했다. 이 여행과 예측 불가능한 날씨와 한 치 앞을 알 수 없는 우리들의 인생에 대해. 피할 수 없다면 즐기라고 했다. 무시무시한 폭우마저도 인생의 한순간이니 있는 그대로 즐기자. 사흘째가 되도록 하늘은 마를 기미가 없다. 슬슬 포기하려 할 때쯤 마침내 거짓말처럼 비가 그쳤다. 맑게 갠 하늘을 볼 때의 기분이란!

아쉬람 생활은 그렇게 우리 모두를 겸손하게 만든 뒤에야 비로소 시작되었다. 자연, 날씨, 아쉬람……. 이 세상에 당연한 건 아무것도 없다는 것 그리고 요가를 배우기 전에 자연 앞에서 먼저 겸허해질 것. 사흘의 폭우 속에서 그걸 이해하게 됐다.

아름다운
낮과
밤

달이 차오른다. 가자.

달이 맨 처음 뜨기 시작할 때부터

준비했던 여행길을

매번 달이 차오를 때마다

포기했던 그 다짐을

달이 차오른다 가자.

뮤지션 장기하는 달이 차오르는 걸 보고 이렇게 노래했다. 달이 차고 이지러질 때마다 나는 또 얼마나 다짐하고 또 다짐했는지 모른다. 다음번 달이 다 차기 전에 꼭 여행을 떠나겠다고. 그리고 마침내 아쉬람에 와서 '두번째 달'을 보게 된 것이다.

무심코 올려다본 하늘은 가을 하늘답게 맑고 높았다. 이윽고 찾아온 밤. 초승달이 크고 밝은 빛을 마음껏 뿜어내고 있었다. 서울에서는 달이 이렇게 예쁘다는 걸 왜 몰랐을까. 전기가 부족한 아쉬람에서 해와 달은 말 그대로 '빛의 집', 등대가 된다. 해가 지면 새까만 어둠이 몰려드는 이곳에서 달빛은 너무나도 소중하다. 달이 뿜어내는 빛이 이렇게 찬란한 것임을 확인한다. 사람도 사물도 달빛이 깃들면 모두 그윽해진다.

그런 달마저도 어둠을 먹고 숨어버리면 마침내 순도 백 퍼센트의 어둠이 찾아온다. 아쉬람 생활의 묘미는 어둠에 있다. 어둠에 익숙해지는 것, 제대로 된 어둠을 경험하는 것 그리고 그 어둠 속에서 완전하게 쉬어보는 것. 밤이 깊을수록 새벽은 가까운 것처럼, 사람은 완전한 어둠을 겪은 후에야 비로소 여명의 의미를 알게 된다. 도시의 것들에서 그 깊이를 찾아보기 힘든 건 아마도 제대로 된 어둠이 부족한 탓일 거다. 서울에서 나는 해가 지고도 오랫동안 깨어 있었다. 잦은 야근, 친구들과의 밀린 약속, 그 어떤 이유에서든 밤은 길었고 나는 젊었으므로 어둠을 몰랐다. 해가

져도 언제나 환하게 비추는 도시의 불빛이 있는데 어찌 잠들 수가 있을까.

아쉬람에서 난생 처음 '어둠'과 조우했다. 그리고 그것을 만난 뒤에야 빛과 어두움에 대해, 낮과 밤의 의미에 대해 다시 생각하게 됐다. 아침이면 해가 뜨고 저녁이면 해가 진다. 해가 뜨면 눈을 뜨고 해가 지면 눈을 감는다. 자연의 섭리는 이토록 단순한데 내겐 왜 그리 생경했는지.

아쉬람에서는 해가 떨어지면 사방이 일순 컴컴해지고, 저녁식사 뒤에는 비상등을 제외한 모든 전기가 꺼진다. 열시가 채 되기도 전에 어둠은 온 아쉬람을 덮는다. 저녁밥을 먹고 나면 잠자리에 드는 것 말고는 뾰족한 수가 없어서 아홉시가 되면 이미 침대에 누워 있다. 그렇게 나이트 라이프와 작별한 뒤에야 비로소 밤의 부드러움과 마주하게 됐다. 불빛 한 점 없는 순수한 어둠 속에 누워 평온한 고요와 그 안에 잠겨 있는 나를 만날 수 있었다. 낯설고 두려웠던 어둠이 따뜻하고 편안하게 느껴졌다. 그리고 곧 잠에 빠져들었다.

다음날 아침, 새벽 다섯시. 아직 동은 트지 않았다. 아침을 깨우는 아쉬람의 종소리도 울리기 전. 룸메이트들도 모두 곤히 잠들어 있다. 아홉시에 잠들었으니 새벽 다섯시에 일어나도 무려 여덟 시간이나 잔 셈이다. 푹 자고 일어난 사람에게는 두려울 게 없다. 기지개를 펴고 새벽의 공기를 들이마셔본다. 축복처럼 폐를 가득 채우는 신선한 공기. 이것이 바로 '새벽의 맛'인가 보다. 깊고 어두웠던 밤을 보상하려는 듯 영원처럼 긴 하루가 시작되려 하고 있었다. 새벽을 깨우는 건 챈팅Chanting이다. 갓 태어난 고양이처럼 제대로 눈도 뜨지 못한 사람들이 파탄잘리 홀에 모이면, 새벽 챈팅을 이끄는 선생님이 들어와 앉는다.

"굿모닝. 정말 근사한 아침이죠? 챈팅으로 이 하루를 시작해보죠. 자, 천천히 나를 따라해보세요."

달밤에 체조한다는 이야기는 들어봤어도 새벽에 노래를 부른다는 이야기는 금시초문. 꼭두새벽부터 노래를, 그것도 발음도 어려운 산스크리트어로 한다는 게 낯설기만 하다. 마흔다섯 명이 한 공간에 비몽사몽한 상태로 앉아 노래로 새벽을 깨우는 광경이라니 어쩐지 만만치 않아 보이지만, 어느새 모두의 목소리가 한 덩어리로 합쳐지며 깊고 풍성한 울림을 내며 공명하는 데는 나도 모르게 감탄하고 말았다. 챈팅을 하는 사이 다들 조금씩 정신을 차리고 숨을 가다듬는다. 15분 남짓한 사이의 챈팅은 몸과 마음을 흔들어 깨우고 하루를 준비하게 한다.

챈팅이 끝난 뒤에도 아직 남아 있는 부드러운 진동의 여운을 느낄 때쯤이면 아사나 수업이 시작된다. 아사나는 우리가 흔히

'요가'라고 알고 있는 바로 그것이다. 몸을 움직이는 법 그리고 앉는 법이라고도 한다. 아사나 수업은 아주 기본적인 것부터 시작한다. 마흔다섯 명의 수준이 제각각이기 때문에 각자 습득하는 시간이나 정도도 모두 다르다. 수업은 요가를 처음 시작하는 이들도 부담 없이 따라할 수 있게 아주 기초적인 내용으로 구성되어 있다. 아무것도, 누구도 서두를 필요는 없다. 아사나를 하는 중에 서서히 아침이 밝아온다.

아사나 수업은 하루에 두 번, 동이 틀 때와 해가 질 때 이루어진다. 하루 중 가장 아름답고 가장 짧은 그 두 번의 시간 동안 요가로 몸을 열고 닫는다. 순간이 영원으로 옮겨가는 때, 바로 그때가 요가를 수련할 수 있는 가장 완벽한 시간이다. 해가 뜨고 지는 것, 달이 차고 이지러지는 것. 요가는 바로 자연의 모습을 고스란히 닮아 있었다.

요가가 단순한 운동이 아닌 이유는 바로 이것이다. 사람의 몸과 마음을 가장 잘 이해하고 자연에 순응하게 만드는 법, 바로 거기에 요가의 진정성이 있다. 그때문에 그토록 많은 사람들이 요가에 끌리게 되는 것이리라. 요가를 배운다는 건 결국 자연에 순응하는 법, 시간을 조율하는 법, 생의 리듬을 편안하게 타는 법을 배우는 것이다.

아름답고 순수한 밤과 농밀한 새벽, 그리고 찬란한 해질녘을 겪으며 나는 조금씩 '진짜 요가'를 배워가기 시작했다.

❖
지금,
바로 여기

기준은 명확했다. 소박하고 조용한 곳일 것. 세상엔 헤아릴 수 없을 정도로 많은 아쉬람이 있지만 내게 맞는 곳은 꼭 하나일 거라고 생각했다. 사랑하는 연인이 단 한 명인 것처럼 말이다. 그저 편리하고 쾌적한 시설이나 많은 사람들이 모인 곳을 원했다면 군이 여기까지 올 필요가 없었을 거다. 처음 아쉬람에 도착했을 때 이곳의 소박한 외관과 규모를 보고 마음이 놓였다. 군더더기 없이 단정하게 지어진 건물들이 좋았다. 덩치만 커다란 것은 사람이든 건물이든 어딘가 허술한 구석이 있게 마련이다. 작지만 꾸밈없고 단순한 공간, 나는 바로 그런 공간을 찾았던 것이다.

헨리 데이비드 소로가 제대로 된 삶을 살기 위해 월든 숲속으로 저벅저벅 걸어 들어간 것처럼 나 역시 단순하고 요가적인 삶을 살기 위해 아쉬람에 들어왔다. 아쉬람에는 있어야 할 것은 다 있었고 없어도 될 것은 없었다. 단순한 삶에는 단순한 공간이 필요한 법이다.

이 아쉬람은 인도 북부인 마하라슈트라 지역의 작은 시골 마을에 있다. 길도 전기도 없던 이 벽촌에 아쉬람을 짓기로 하고 길을 내면서 이곳은 이 지역 공동체의 중심이 되었다. 아쉬람을 운영하는 간다하르 선생은 그 점을 무척 자랑스러워했다. 아쉬람은 원래는 산이었던 곳을 깎아 그 위에 지어졌다. 뒤로는 큰 산이 병풍처럼 둘러 서 있어 말 그대로 '동산' 같은 느낌을 준다.

아쉬람은 크게 사무실동, 남자 숙소동, 파탄잘리 홀, 여자 숙소동, 스태프 숙소동 다섯 구역으로 나뉜다. 아쉬람 입구에 들어섰을 때 먼저 눈에 들어오는 건 사무실동이다. 사무실과 도서관 그리고 그 옆에 키친과 다이닝 홀이 자리잡고 있다. 매 공간은 두세 가지의 기능을 담당한다. 사무실은 사무실과 상담실, 회의실 그리고 의무실로 쓰이고, 도서관은 도서관이자 출판 업무를 보는 곳으로, 다이닝 홀은 식당이자 사랑방으로 쓰인다.

조금 더 안쪽으로 들어가면 남자 숙소동과 자원봉사자 숙소동이 나온다. 제일 안쪽에는 남자 숙소동 두 배 크기의 여자 숙소동

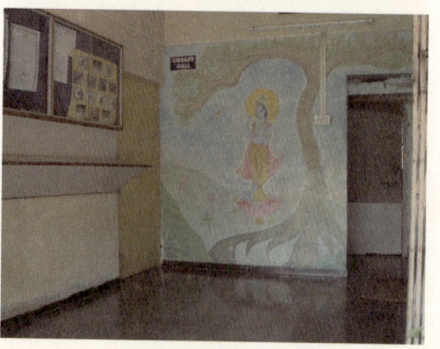

이 있다(이런 곳에는 항상 여자들이 더 많은데, 도대체 어째서일까).

그 앞에는 대부분의 요가 수업이 이루어지는 파탄잘리 홀이 있고, 홀 앞에는 '아난다'라는 예쁜 이름의 가게가 있다. 일종의 '요가 천국'이라 할 수 있는 이 아난다 숍에서는 요가 이론, 명상, 아사나, 의학 등과 관련된 도서는 물론 편안한 요가복이나 '옴(Ω)'자 모양의 목걸이, 향 스틱 등 요가에 관한 모든 것과 더불어 각종 생필품, 말린 과일이나 쿠키 따위를 살 수 있다.

무엇보다 아난다 숍에는 중요한 물건이 있었다. 전화기! 휴대폰을 가지고 아쉬람에 들어온 사람도 있었지만 원칙상 아쉬람 내에서 휴대폰은 사용할 수 없다. 대신 아난다 숍에는 저렴한 비용으로 사용할 수 있는 구식 전화기가 있었다. 구식 타자기 두 대를 병렬로 붙여놓은 것 같이 생긴 육중한 전화기는 세상이 멸망할 때에나 날 법한 무시무시한 소리를 내며 아쉬람과 집을 연결시켜주는 신기한 기계였다. 전화기가 우리 각자의 집으로 전화를 걸때마다 나는 그 소리를 들으며 아쉬람과 집과의 까마득한 거리를 상기하곤 했다.

컴퓨터도 인터넷도 TV도 라디오도 휴대폰도 없는, 마치 세상의 끝인 것 같은 아쉬람에서 전화기는 유일하게 나와 가족을 연결해주는 통로였다. 상대방 목소리가 잘 안 들리고 내 목소리가 상대방에게 잘 안 들린다는 그다지 대수롭지 않은 단점만 빼면, 그 전화기는 싼값으로 언제고 사랑하는 가족과 친구들의 목소리를 들을 수 있다는 이유에서 늘 인기 있었다. 큰 맘 먹고 요가를 배우러 왔지만 시도 때도 없이 밀려드는 외로움은 늘 껌딱지처럼 우리에게 붙어 있었다. 그런 헛헛함을 풀기에 사랑하는 가족들과의 전화 통화만큼 효과적인 것은 없다. 하지만 아난다 숍은 수업 시간 동안에는 문을 열지 않기 때문에, 전화를 걸려면 수업 사이에 있는 쉬는 시간을 활용하는 수밖에 없었다. 당연히 언제나 만원일 수밖에 없는 전화기 앞에는 이런 문구가 붙어 있다.

'너무 긴 통화는 삼갑시다. 가족이나 친구 등 가까운 사람들과의 관계에 집착하지 않는 법을 배우는 것도 요가 수행 중 하나입니다.'

하지만 가족들의 한없이 다정한 목소리 앞에서 이런 문구 따위가 다 무슨 소용이란 말인가. 한 번 터진 향수에는 자신 뒤에 길게 늘어선 줄 따위는 아랑곳하지 않게 만드는 힘이 있다. 결국 쉬는 시간 내내 전화기를 붙잡고 눈물콧물 다 쏙 뺀 다음에야 겨우 자기 방으로 돌아가는 사람들이 점점 늘어나기 시작했다. 한참을 기다린 끝에 내 차례가 되었지만 쉬는 시간이 다 끝나서 발걸음을 돌려야 했던 적도 많았다. 그래도 '줄 서 있는 동안 온갖 이국의 말을 감상할 수 있는 재미란 아무데서나 맛볼 수 있는 것이 아니잖아' 하며 스스로를 다독였다.

나는 또 파탄잘리 홀의 새벽녘 공기와 도서관에 가득한 요가책들을 사랑했다. 점심을 먹고 꾸벅꾸벅 졸음이 쏟아질 때, 명상과 낮잠을 동시에 할 수 있는 뒷마당의 명상실도 좋았다. 거대한 크기의 모기떼만 제외한다면 명상실에서 보이는 마을 풍경은 말 그대로 한 폭의 그림이었다. 가끔 소를 몰고 지나가는 마을 주민들과 눈이 마주치면 "하리 옴" 하며 서로 반갑게 인사하곤 했다.

아쉬람에서 내가 가장 좋아한 공간은 푸른 잔디가 무성한 작은 정원이었다. 맨발로 잔디를 밟고 좋아하는 책을 읽고 음악을 듣는 혼자만의 시간. 공동체 생활이 기본인 아쉬람에서 혼자 누리는 유일한 시간과 공간을 이 작은 정원에서 맛볼 수 있었다. 아무리 아쉬람이 좋아도 아침부터 밤까지 요가를 하다보면 지칠 때가 있기에, 가끔은 요가라는 것을 벗어놓고 평범한 내가 되고 싶어진다. 그럴 때면 어김없이 그 '비밀의 정원'으로 달려갔다. 집에서 가지고 온 책과 음악을 들고 얼마간 널브러져 하늘을 본다. 그러고 나면 외로움이라든가 그리움, 이국에서의 스트레스 같은 것들이 사그라지곤 했다.

맨발 이야기가 나왔으니 말인데, 요기들은 흙과 깨끗한 돌바닥으로 이루어진 아쉬람 곳곳을 맨발로 걷곤 했다. 신발도 양말도 없이 아쉬람 이곳저곳을 다니다 보면 아쉬람의 일부가 된 기분이 들었다. 맨발의 아쉬람. 맨발의 영혼. 흙과 푸른 잔디에 맨발로 서면 정말로 내가 어디에서 왔는지 알 수 있었다. 흙 그리고 맨발에는 그런 힘이 있으니 말이다. 사람들의 맨발을 구경하는 것도 좋았다. 발을 보면서 그 사람이 어떤 사람일지 상상하는 재미가 있었기 때문이다. 아무래도 도시에서는 사람들이 맨발로 돌아다니는 모습을 보기가 쉽지 않으니까.

그런가 하면 아쉬람 주변에는 이름 모를 꽃과 나무 그리고 온갖 진귀한 약초들이 가득했다. 잡초처럼 보이는 풀들도 우리에게 다 쓸모 있는 귀한 것들이라는 것을 나중에 알게 되었다. 주방 뒷마당에는 바나나 야자수를 비롯해 신선한 야채들을 직접 재배하는 밭도 있었다. 그야말로 자연산, 말 그대로 유기농이었다.

집을 떠나와 머물게 된 아쉬람. 낯선 이들과 한 달간 동고동락하기 시작한 이 작은 곳이 나는 점점 좋아졌다. 화려하지 않지만 빈곤하지 않은 곳. 작기에 더 크게 보이는 곳. 아쉬람은 '아낌없이 주는 나무'처럼 멀리서 찾아온 요기들을 위해 모든 것을 내주었다. 여기는 바로 '요가 원더랜드'인 것이다.

섹코 콕스Sekou Cox

미국 뉴욕
28세
수학 교사

✛ 요가를 하게 된 계기는 무엇이고 요가를 시작한 지는 얼마나 되었나?

7살 때쯤 아버지가 요가를 가르쳐주셔서 그때부터 시작했다.

✛ 요가를 해서 좋은 점이 있다면?

그게 이제까지 내가 안 전부니까.

✛ 굳이 인도의 아쉬람까지 온 이유는 무엇인가?

스스로를 요가적인 삶에 몰두하게 만듦으로써 나의 지식과 훈련을 더 깊이 있게 하기 위해. 또 편안하게 요가를 가르치는 방법을 배우고 싶어서.

✛ 아쉬람에서 무엇을 배웠나?

진정한 요가 라이프 스타일을 알고 그게 앞으로 어떻게 변해갈지 보기 위해서.

✛ 아쉬람 생활에서 좋았던 점과 나빴던 점은 무엇인가?

가장 좋았던 건 요가 이론 수업. 이 모든 수련의 궁극적인 목적에 좀더 포커스를 맞추고 있었기 때문이다. 나쁜 점은 없었다.

✛ 당신에게는 구루가 있나?

내 삶에서 가장 존경하는 사람, 바로 나의 아버지.

✛ 인도의 매력은 무엇이라 생각하는가?

제한적인 자원으로도 이토록 많은 사람들을 이끌 수 있는 '심플 라이프'.

✛ 인생에서 당신의 가장 큰 적은 무엇인가?

모순.

✛ 당신의 삶에서 가장 중요한 것 세 가지는?

자기훈련, 신, 가족(조상).

✤ 건강한 삶을 위한 당신의 조언은?

건강을 위해 할 수 있는 모든 것을 하라. 음식, 운동, 보충제 섭취 등.

✤ 스트레스 완화를 위한 당신의 조언은?

너무 심각해지지 말 것.

✤ 당신의 첫 요가 수업에 온 학생들에게 하고 싶은 말이 있다면?

첫 수업이라고 뭐가 다르겠는가. 그저 수업에 충실히 임할 뿐.

✤ 요가를 다른 사람에게 추천한다면 어떻게 이야기하겠는가?

어떤 사람들은 흥미를 가질 수도 있다. 나는 사람들에게 뭔가를 자주 추천하는 편이 아니다.

✤ 당신에게 요가란 무엇인가?

내가 살아온 라이프 스타일과 아주 비슷한 것.

✤ 가장 행복했던 순간은 언제였나?

난 대부분의 시간이 행복하다. 때문에 특별히 어떤 순간에 의미를 두지는 않는다.

✤ 가장 화가 났던 순간은?

아주 오랫동안 화를 내지 않은 것 같은데.

✤ 당신의 꿈은 무엇인가?

계속해서 앞으로 나아가는 것.

로버트 바그너Robert Wagner

오스트리아 빈
40세
요가 선생

✢ 요가를 하게 된 계기는 무엇이고 요가를 시작한 지는 얼마나 되었나?

요가를 배우고 또 가르치기 위해서. 15년 정도 됐다.

✢ 요가를 해서 좋은 점이 있다면?

유연해진 것. 몸과 마음 모두.

✢ 굳이 인도의 아쉬람까지 온 이유는 무엇인가?

요가 교사 수료증을 따기 위해서.

✢ 아쉬람에서 무엇을 배웠나?

요가에 관한 모든 것.

✢ 아쉬람 생활에서 좋았던 점과 나빴던 점은 무엇인가?

클렌징 테크닉 중에서 바만Vaman이 제일 힘들었다. 그것 말고는 다 좋았다.

✢ 당신에게는 구루가 있나?

자연이 바로 나의 구루!

✢ 인도의 매력은 무엇이라 생각하는가?

사람들, 채식, 아름다운 자연, 이곳의 모든 순간순간들.

✢ 인생에서 당신의 가장 큰 적은 무엇인가?

자만.

✢ 당신의 삶에서 가장 중요한 것 세 가지는?

나의 몸, 나의 마음 그리고 나의 호흡.

❖ 건강한 삶을 위한 당신의 조언은?

명상을 통해서 마음을 차분히 하고, 주변의 친구들, 가족들 그리고 사람들과 여유를 가질 것.

❖ 스트레스 완화를 위한 당신의 조언은?

매 순간 자기 자신을 잘 살필 것. 마음의 균형을 유지하려 애쓸 것.

❖ 당신의 첫 요가 수업에 온 학생들에게 하고 싶은 말이 있다면?

요가의 세계에 오신 것을 환영합니다.

❖ 요가를 다른 사람에게 추천한다면 어떻게 이야기하겠는가?

요가는 삶에서 마음의 균형을 유지시켜준다.

❖ 당신에게 요가란 무엇인가?

현재를 온전히 즐기는 것. 행복한 것.

❖ 가장 행복했던 순간은 언제였나?

매 순간.

❖ 가장 화가 났던 순간은?

왜 화가 나겠는가? 난 화 안 난다. 난 요기니까!

❖ 당신의 꿈은 무엇인가?

충만한 인생을 사는 것.

앞으로 또 얼마나 많은

시행착오를 겪으면서 살게 될까.

수많은 기쁨과 슬픔, 사랑과 미움,

행운과 불행 속에서도

끊임없이 하나씩 자신만의 삶의 규율을

세워나가야 한다는 것,

그것이야말로 내가 아쉬람에서

배운 첫번째 규율이었다.

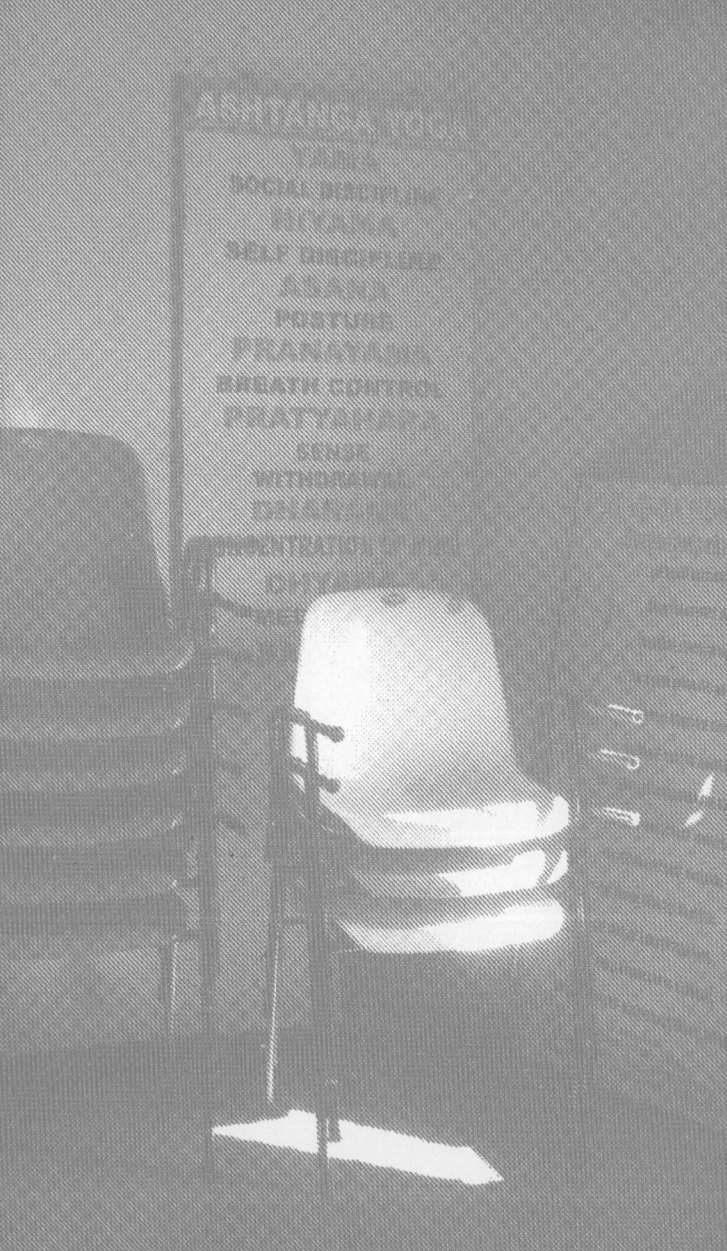

2장
새로운
요가

✸
요가
너머의
요가

첫 수업시간, 간다하르 선생이 물었다.

"여러분은 요가가 뭐라고 생각하나요?"

잠시의 웅성거림. 각자 저마다 내린 요가의 정의를 거침없이 이야기한다.

"결합한다는 뜻 아닙니까?"

"앉는 법이죠."

"일종의 라이프 스타일이 아닐까요?"

"몸과 마음이 균형을 이루는 거죠."

"디톡스Detox!"

"자신에게 집중하는 것."

선생은 빙글빙글 웃으며 우리를 찬찬히 둘러보고 말했다.

"모두 맞는 말입니다! 잘 알고 있군요. 하지만 '진짜 요가'란 뭘까요? 여러분이 알고 있었던 그 요가 말고 말입니다. 이제 우리는 요가가 무엇인지, 그리고 왜 그걸 배우는지에 대해 공부할 겁니다. 앞으로 한 달간 요가를 배우면서 '진짜 요가'란 무엇인지 잘 고민해보기 바랍니다."

이런, 선문답 같은 건 별로 달갑지 않다. 그냥 시원하게 답만 알려주면 좋으련만. 알쏭달쏭한 질문으로 포문을 연 선생이 어쩐지 야속하다.

요가를 배우러 인도로 간다 했을 때 사람들이 물었다. 한국에도 이미 요가 학원이 많은데 왜 굳이 그렇게 멀리까지 가려 하냐고. 맞는 말이다. 요즘에는 본격적으로 배울 수 있는 요가 학교도 많이 생겨났으니까. 그런데 요가를 배우러 인도로 떠난다? 유난스럽게 보일 수도 있다. 하지만 내가 배우고 싶었던 건 단순히 요가만이 아니었고, 인도 여행을 하기 위해 떠난 것도 아니었다. 그렇다면 나는 무엇을 위해 아쉬람에 갔을까.

지치고 피곤한 일상에서 벗어나 단순하고 깊이 있는 삶을 살고 싶었다. 그래서 수천 마일을 날아 아쉬람으로 왔다. 그런데 정작 아쉬람에서 다시 '요가란 무엇이냐'는 질문을 받으니 뭐라 대답

하면 좋을지 선뜻 생각나지 않았다. 역설적이게도 내가 알고 싶었던 건 요가가 아니었는지도 모르겠다. 내가 요가를 시작한 지는 이미 꽤 된데다, 이미 흔해지다 못해 한물간 유행이 요가 아니던가.

"어떤 운동을 좋아하시나요?"

"네, 요가를 하고 있어요."

"아, 네. 요가요……."

그리고 어색한 침묵. 내 주변만 해도 요가 학원 안 다녀본 사람이 없고 요가가 뭔지 모르는 사람도 없다. 하지만 나는 '진짜 요가'를 알고 싶었고, 요가 너머의 그 어떤 것을 간절히 원했다. 인도나 아쉬람에 간다고 해서 갑자기 공중부양을 한다거나 득도를할 리 없다는 것쯤은 알고 있었다. 하지만 요가는 내가 이미 잘 아는 것인 동시에 전혀 모르는 것이기도 했다. 오래된 것이지만 새롭고 낯선 것. '요가란 무엇이냐'는 곧 '나는 왜 아쉬람에 왔느냐'는 질문과도 같았다. 내가 원했던 건 '요가를 하는' 것이 아니라 '요가를 살아보는' 것이었다. 그것이 무엇이든 어떤 것이든 어디에 있든, 몸소 겪고 뒹굴고 맛보고 싶었다. 그렇게 제대로 경험해보고 싶었던 것이다.

'요가란 무엇인가'에 대한 사람들의 대답이 저마다 다른 것처럼, 요가에는 헤아릴 수 없이 복잡한 종파와 학파, 이론이 있다.

인간이란 퍽 복잡한 존재인데, 그중 인도 사람이 복잡하기로는 최고다. 신만 하더라도 이 나라에는 3억 3천 명이 있다고 하니 말이다. 인도의 역사와 문화 그리고 힌두교에 바탕을 둔 요가는 오랜 역사와 유수한 갈래 속에서 지금까지 진화해왔다.

요가의 아버지 파탄잘리가 집대성한 『요가 수트라』에 따르면 요가는 모두 여덟 단계를 거쳐 수행의 완성에 이른다고 하는데, 그 8단계 요가를 아쉬탕가Ashtanga 요가라 한다. 더불어 아쉬탕가 요가는 우리가 흔히 생각하는 요가가 아니라 몸, 정신, 실천, 윤리의 문제를 모두 아우르고 있는 오늘날 가장 보편적인 요가 이론이자 철학이기도 하다. 아쉬람에서 배운 것이 아쉬탕가 요가였다. 하지만 중요한 것은 어떤 요가, 어떤 학파의 요가를 배웠느냐가 아니라 그 본질을 제대로 이해하고 받아들였느냐 하는 것이다. 진리는 복잡하지 않다. 가장 단순한 것이 가장 심오한 법이다.

과연 '요가란 이것이다'라고 한마디로 명쾌하게 정의할 수 있을까. 어려운 일이다. 아니, 어리석은 일이다. 나 역시 요가의 요람인 아쉬람에서 먹고 자며 요가만을 배웠건만 이 질문에 대답하기는 쉽지 않다. 요가는 '결합하다'라는 사전적 의미를 갖고 있다. 그렇다면 무엇과 무엇이 결합한다는 걸까. 바로 몸과 마음이다. 이게 무슨 소리일까. 원래 몸과 마음은 함께였으나 안팎의 여러 이유로 따로 떨어져버렸다. 그렇기에 잠깐 붙었는가 싶다가도 조금만 방심하면 금세 떨어진다. 몸 따로 마음 따로 말이다. '마음이 콩밭에 가 있다'라는 말이 괜히 나온 게 아니다. 그러므로 요가란 본래대로 돌아가고자 하는 회귀 현상이다. 쉽게 풀어지고 떨어지고 헤어져 있는 몸과 마음을 튼튼하게 단련시켜서 매듭지어주는 것, 그것이 바로 내가 생각하는 요가의 정의다.

그렇다면 나에게 요가란 무엇인가? 내게 요가는 '몸으로 쓰는 언어'다. 나는 몸으로 말하고 듣고, 내 앞에 주어진 공간 안에 또박또박 언어로 새겨넣는다. 말하자면 나 자신이 하나의 유연한 붓이 되는 거다. 이때 중요한 건 획획 갈겨쓰지 않고 온몸에 집중해서 한 획 한 획 써내려가는 것이다. '요가하는 척'이 아닌 '진짜 요가'를 하는 것, 이것이 가장 어렵다.

요가에 유일한 조건이라는 것이 있다면 그것은 '자기 자신에게 집중할 것' 혹은 '자기 자신일 것'이다. 다른 조건은 일체 필요 없다. 그것이 바로 요가라고 생각한다. 묻고 답하고, 또 묻고 답하며 끊임없이 스스로 질문을 던지고 스스로 답을 구하는 것. 쉽지는 않지만 분명 해볼 만한 가치가 있다. 정해진 답, 정답만을 구하며 살아온 나는 자신에게 질문하고 답을 찾는 것에 익숙하지 않았다. 누구를 탓해봤자 소용없는 일. 힘들지만 결국에는 스스로 고민하고 방향을 찾아가는 수밖에 없다. 결국, 그러기 위해서 떠난 것이 아니던가.

❁

잠자는
요가?
꿈꾸는 요가!

"자, 모두 바닥에 편안하게 누우세요. 그리고 눈을 감습니다. 천천히 호흡을 들이쉬고 내쉬면서 내가 하는 말에 조용히 귀를 기울입니다."

자원봉사자인 제시카가 파탄잘리 홀로 사뿐사뿐 걸어 들어온다. 그녀는 멕시코에서 온 깊고 검은 눈의 요기. 스페니시Spanish가 섞인 제시카의 낮은 목소리에는 부드럽지만 단단한 힘이 있다. 홀 안에 그녀의 목소리가 기분 좋게 울린다. 참으로 좋은 목소리다. 열어놓은 창문 사이로 11월의 바람이 살랑거리며 들어온다. 마흔다섯 명, 구십 개의 눈동자가 모두 가만히 잠긴다. 모두들 고른 숨을 내쉴 때쯤 제시카가 말했다.

"요가 니드라Yoga Nidra에 오신 여러분을 환영합니다. 이제 여러분은 눈을 감고 내가 하는 말을 따라오세요. 하지만 잠들지 않도록 주의하세요. 요가 니드라는 잠자는 것과는 다릅니다. 몸을 움직여서 가장 편안한 자세를 취하는 것으로 충분합니다. 요가 니드라는 또다른 요가죠."

요가 혹은 명상을 하다가 자신도 모르게 잠든 경험, 요가를 해본 사람이라면 누구나 겪어봤을 일이다. 요가는 결코 '운동'이 아니다. 요즘은 필라테스처럼 보다 운동에 가까운 요가도 많이 있지만 요가의 근본은 사실 명상 혹은 수행에 더 가깝다.

'요가 니드라'에서의 니드라Nidra는 '잠자다'라는 뜻의 힌두어다. '잠자는 요가' '잠을 자는 듯한 요가'의 의미이지만 결코 수면 그 자체와는 같지 않다. 잠을 자는 것처럼 편안하고 고요하되 결코 잠들어서는 안 된다. 안내자의 지시를 따라 머릿속에서 상상과 명상의 세계로 빠져드는 것이다. 어떻게 보면 최면과 비슷하지만 그것과는 또 다르기 때문에, 좋은 요가 니드라에는 좋은 안내자가 필수적인 듯싶다. 무엇보다 깨끗하고 좋은 목소리가 관건이다.

아쉬람에서 요가 니드라는 대개 아침을 먹은 뒤 열시부터 한 시간 동안 이루어진다. 아침식사 뒤의 기분 좋은 낮잠, 아니 명상이라니 모두들 좋아하지 않을 수 없었다. 이것 역시 엄연히 수업의 일부였지만 무언가를 해야 한다는 강박관념이 없었기 때문에 요가 니드라는 요기들의 사랑을 한몸에 받았다. 매일 아침 열시, 11월의 바람 그리고 제시카의 목소리. 우리는 식사 후의 고양이처럼 얌전하게 누워 눈을 감았다.

바닥에 누워 눈을 감고 가만히 숨을 고른다. 눕는다. 바람에 눕는 풀처럼 바닥에 몸을 기댔다. 자기 위해서가 아니라 다른 무언가를 하기 위해 눕는다는 게 좋았다. 도시의 삶에서는 아침에 일어나 다시 집으로 돌아가기 전까지 바닥에 몸을 뉘일 일이 좀처럼 없으니까.

겉으로 보기에 요가 니드라는 쉬운 것 같지만, 실은 여간 어려운 요가가 아니었다. 잠을 자는 것처럼 편안하게 누워 있되 결코 잠들어서는 안 된다는 것, 바로 그 지점이 가장 어려웠다.

"크으으허헝."

아니나 다를까, 제시카가 채 몇 마디를 하기도 전에 이미 코 고는 소리가 들린다. 눈을 뜨거나 돌아보지 않고도 범인을 알 수 있다. 마크다. 영국에서 온 마크 영감. 하루종일 쉬지 않고 늘 떠들어대는 영감탱이. 이론 수업에서는 언제나 선생보다 더 많은 질문을 해대더니, 실기 수업에서는 언제나 사고뭉치다. 영국 남자는 신사라고 누가 그랬던가.

"자, 여러분. 제 말을 들으세요. 잠들면 안 됩니다. 요가 니드라는 수면시간이 아니에요."

제시카가 주의를 주며 마크 곁으로 가서 어깨를 조용히 흔들어 깨운다. 화들짝 놀란 마크는 아무 일 없었다는 듯이 손등으로 침을 스윽 닦는다. 그러나 이내 다시 잠에 빠져드는 기세다.

제시카는 포기했다는 듯 창가로 간다. 몇몇 학생들이 웃음을 참지 못하고 키득거린다.

"자, 여러분. 눈을 감고 다시 마음을 모으세요. 요가 니드라는 자기 내면의 소리에 귀를 기울이는 시간입니다. 눈을 감고 이 순간을 느끼세요. 발가락, 발등, 종아리, 무릎, 허벅지, 허리, 가슴, 얼굴, 입술, 코, 눈, 눈썹, 머리카락……. 자신의 몸을 떠올리며 가장 편안한 자세를 취합니다. 그리고 천천히 호흡을 들이쉬고 내쉽니다. 지금 이 순간을 느껴봅니다. 지금 느껴지는 바람, 공기, 소리에 귀를 기울입니다."

부드러운 제시카의 인도에 따라 우리는 이내 요가 니드라의 세계로 들어간다. 잠을 자는 것 같지만 잠들지 않고, 최면인 것 같지만 최면이 아니다. 그저 바닥에 몸을 누이고 자신에게 온전히 집중하는 시간이다. 편안하고 감미롭다. 시간이, 공기가 그리고 마음이 제시카의 목소리를 따라 천천히 몸 사이를 흘러가는 게 느껴진다. 대체 얼마 만인가, 이런 편안한 기분. 울컥, 하고 갑자기 내 안에서 뭔가 솟아나온다. 뭔가, 이건. 설마 눈물은 아니겠지.

가만히 잘 놀던 아이가 넘어졌을 때 주변에 아무도 없으면 아이는 툭툭 털고 일어난다. 하지만 누군가 아이에게 "괜찮아, 괜찮아"라고 말해주면 안심하고 더 크게 울곤 한다. 나는 그만 그런 아이의 심정이 되어버린다. 또다시 울컥, 눈물이 또르르 흘러내린다. 아아, 시원하다. 말할 수 없이 시원하구나. 하지만 바닥에 벌렁 드러누운 채 훌쩍거리고 있는 모습을 다른 요기들에게 들키고 싶진 않다. 그건 코를 골며 세상 편하게 자고 있는 마크 영감과 다를 바 없는 거니까.

"자, 이제 여러분은 다시 여기, 아쉬람의 파탄잘리 홀로 천천히 돌아옵니다. 다시 발가락 하나하나, 발등, 종아리, 무릎 위를 맴돌고, 허벅지, 허리, 가슴, 얼굴, 입술, 코, 눈, 눈썹, 이마까지 천천히, 아주 천천히 돌아오세요."

떠지지 않는, 아니 뜨기 싫은 두 눈을 가만히 뜨자 파탄잘리 홀 안에 머물던 밝고 환한 햇살이 동공을 찌르고 들어온다. 홀 안의 큰 시계는 이미 열한시를 훌쩍 넘기고 있었다. 믿을 수 없군. 벌써 한 시간이나 흘러가버렸다니.

"으음, 기분 좋다!"

기지개와 함께 천천히 눈을 뜨고 몸을 일으키자, 주변의 요기들도 달콤한 잠에서 깨어난 고양이처럼 행복해하며 미소 짓고 있다.

처음 내 몸에서 시작한 여정은 아쉬람을 돌다가 이내 산으로 들로 바다로 그리고 우주로 뻗어간다. 그저 몸을 누이고 눈을 감고 귀를 기울이는 것만으로도 우리는 아주 먼 곳으로 여행을 하고 있다. 마치 기분 좋은 꿈을 꾸는 것처럼. 그러나 이 꿈의 여행에는 비행기 티켓도 노잣돈도 필요하지 않다. 그저 유연한 상상력과 편안한 마음만 있으면 될 뿐. 요가 니드라. 이것은 '잠자는 요가'가 아니라 '꿈꾸는 요가'다.

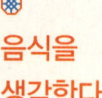

음식을
생각한다

여행은 세 가지로 기억된다. 떠났던 길, 만났던 사람 그리고 그곳에서 맛보았던 음식!

길에서 만나는 음식에 관한 한 나는 결코 모험가가 아니다. 하지만 아쉬람에서 만난 음식들은 나를 완전히 무장해제시켰다. 이유? 너무나 맛있으니까!

아쉬람 생활의 백미를 수줍게 고백하자면 '먹는 시간'이었다. 아쉬람의 식사는 하루 세 끼. 하루에 세 번 식사를 하는 것은 어디에서나 매한가지인데 어째서 이곳에서는 목을 빼고 식사시간을 기다리게 되는 것인가. 하루종일 몸을 움직이는 생활을 해서 배가 쉬이 고파지는 탓으로 돌리고 싶지만, 솔직히 고백하자면 아쉬람 음식이 유난히 맛있었기 때문이다.

아쉬람에 오면서 기대한 것 중 하나는 바로 어마어마하게 살을 뺄 수 있을 거라는 점이었다. 매일 요가와 채식만 할 테니 집으로 돌아갈 즈음이면 모두 깜짝 놀랄 만큼 날씬해질 수 있겠지. 하지만 그건 어디까지나 헛된 바람이었을 뿐, 식욕은 놀랄 만큼 늘어났다. 다행인 건 백 퍼센트 채식 식단이라는 것과 늘 몸을 움직여야 한다는 것. 덕분에 실컷 먹고도 몸무게는 빠지는 기염을 토했으니 어찌 좋지 않으랴.

도대체 무엇이 그렇게 맛있었느냐 묻는다면 대답할 수 있는, 이렇다 할 만한 화려한 요리는 없었다. 신선한 재료를 때에 맞춰 정성껏 요리한 뒤 바로 내놓는 것, 그것 이상 풍성하고 근사한 식탁이 있을 수 있을까. 아침과 점심과 저녁, 하루에 세 끼밖에 없는 것이 한탄스러울 만큼 아쉬람 요리들은 맛있고 신선했다. 아쉬람에 와서 좋은 음식을, 바르게 그리고 즐겁게 먹는 기쁨을 알게 되었다.

세 끼 중 제일 좋아한 건 가장 간단하고 신선한 아침식사였다. 무엇보다 과일을 마음껏 먹을 수 있어 행복했다. 아침이 되면 맛있는 과일을 먹을 수 있다는 생각에 눈이 번쩍 떠졌다(어느 누구보다 내가 제일 아침 일찍 일어났던 이유가 바로……). 마치 폴 세잔의 정물화에 나오는 것처럼 커다란 등바구니에 수북이 담긴 사과, 배, 망고, 파파야, 석류, 바나나, 라임을 보고 있자면 영영 아쉬람을 떠나고 싶지 않다는 생각이 들 정도였다.

아쉬람의 모든 요리는 간다하르 선생의 어머니이자 아쉬람의 안살림을 책임지고 있는 푸르니마 여사의 몫이었다. 일흔에 가까운 나이의 여장부인 그녀는 이를테면 '사리를 걸친 안나 윈투어' 같은 여인이었다. 몸집은 작은 편이었지만 아쉬람의 모든 남자들을 압도하고도 남을 정도의 엄청난 카리스마가 그녀가 입은 실크 사리 위로 흘러넘쳤다.

푸르니마 여사의 위대한 카리스마로 만들어진 요기 푸드는 말 그대로 무릎을 털썩 꿇을 만큼 훌륭했다. '요가 음식' 강의에서 그녀는 자신의 요리비법을 가감 없이 공개했다.

"여러분, 지금부터 내가 하는 말을 새겨들으세요! 난 마이크를 안 쓸 테니까 좀더 가까이 당겨 앉도록 하세요. 거기, 학생! 그래, 거기 말이에요. 여러분이 이곳에서 먹는 음식은 보통 음식이 아니에요. 알겠어요? 매 끼니마다 철저하게 영양과 밸런스를 고려해서 만들어진 겁니다. 이곳 요리는 절대 미리 만들어두지 않는다는 것이 원칙입니다. 그러니 배가 고파서 수업을 빼먹고 중간에 주방을 어슬렁거려봤자 얻는 게 없을 거라는 거예요!"

사실 이전까지는 인도의 전통 음식을 자주 맛보지 못했다. 가끔씩 친구들과 인도 레스토랑에서 별미로 먹었던 탄두리 치킨과

시금치 커리가 전부였으니까. 그런데 아쉬람에서 요기 푸드를 맛본 순간, '왜 이런 맛난 음식을 이제야 알게 되었단 말인가!' 하며 눈물을 삼켰다.

푸르니마 여사에 따르면 요기 푸드는 단순한 요리가 아니다. 조리법 자체는 단순할지 모르지만 요리 하나하나에는 아유르베다Ayurveda에 근거한 자연과학과 요가 철학이 모두 담겨 있다. 그리고 인도의 향신료들! 커리, 마살라Masala, 코리앤더Coriander, 커민Cumin, 터머릭Turmeric⋯⋯. 어느 것 하나 자연에서 오지 않은 것이 없었다. 이 경이로운 향신료들에 완전히 사로잡히고 말았다.

사람들에게는 '소울 푸드'라는 게 있다. 고향의 맛, 어렸을 때 어머니가 해주던 그 음식 말이다. 엄마는 닭백숙을 기가 막히게 끓이셨다. 엄마가 한 솥 가득 백숙을 끓인 날에는 뭉근한 냄새가 하루종일 집안을 맴돌았다. 밖에서 아무리 힘든 일을 겪은 날이었어도 엄마의 닭백숙 한 그릇을 먹고 나면 모든 게 다 괜찮아졌다. 소울 푸드에는 그런 힘이 있다. 영혼을 치유하고 위로하는 힘. 아무리 좋은 레스토랑의 그 어떤 호사스러운 메뉴라고 해도 이것보다 더 좋을 수는 없다.

인도 사람에게 소울 푸드는 뭘까. 커리라는 단순한 답을 하고 싶지는 않지만, 아쉬람 커리는 깜짝 놀랄 만큼 맛있었다. 인도 사람들의 소울 푸드라 할 법하다. 이른바 '손맛'이라는 것이 인도에도 있다. '마마'라고 불리는 키친의 왕고참은 거대한 주걱으로 준비된 재료를 솥에 넣고 양념을 요리조리 해가며 하루도 빠짐없이 70인분의 요리를 거뜬히 해낸다.

　밥을 먹을 때 침묵해야 한다는 것을 이곳에 와서 처음 배웠다. 첫째는 수련의 이유이고, 둘째는 소화기에 미치는 영향 때문이다. 나이든 체 따위는 전혀 하고 싶지 않지만, 삼십대가 되자 소화력이 예전만 못해졌다. 전에는 왜 그런 건지 이유를 몰랐는데, 이제와 생각해보니 아마도 밥을 먹으며 너무 많은 이야기를 하기 때문이 아닌가 싶었다(그래봤자 고작 전날 본 TV 프로그램이나 연예인, 혹은 누군가의 험담 따위에 지나지 않는 것이었지만). 사실 식사시간에 침묵하기란 쉬운 일이 아닌데다가 양념 없는 밍밍한 반찬을 먹는 것 같아 심심하고 울적해지기까지 했다. 하지만 며칠 뒤부터는 오히려 밥 먹는 시간을 기다리게 되었다. 그 짧은 한 시간이야말로 내가 하루 중 가장 유일하고 온전하게 나 자신과 대화할 수 있는 시간이라는 것을 알게 됐기 때문이다.

❀
공동체를
위한 요가

Instant karma's gonna get you.

Gonna knock you right on the head.

카르마가 너한테 올 거야. 너의 머리를 때릴걸.

– 존 레논

아쉬람은 세상 어느 곳보다 고요하다. 동시에 세상 어떤 곳보다 분주하다. 풍경은 고요하지만, 그 속에 있는 건 사람이니까. 인도 시골 마을의 작은 아쉬람에서도 삶이, 생활이 그리고 시간이 지속되고 있다. 아무것도 하지 않아도 모든 게 다 괜찮아지는 그런 곳은 어디에도 없다.

아쉬람에서는 그러니까 쉬지 않고 몸을 움직이는 생활의 연속이다. 새벽 다섯시에 일어나서 밤 아홉시에 잠들기까지, 두어 시간의 개인시간을 빼고는 끊임없이 요가를 하고 나를 배우고 남을 도와야 한다. 자신이 도움을 받고 싶다면 먼저 남을 도와야 하는 법. 카르마Karma 요가는 자신이 아닌 남을 위해서 들이는 시간이다. 마침내 그것이 자기 자신을 위한 것으로 돌아온다는 것을 깨달을 때까지.

카르마. 업, 인연 혹은 인과응보라고도 하지만 카르마는 일상생활 그 자체이기도 하다. 살면서 배우는 건 카르마만큼 끈질긴 것이 없다는 것. 살아 숨 쉬는 한, 카르마는 끝나지 않는다.

나는 힌두교나 불교에 대해선 문외한이다. 하지만 어느 종교든 나와 남의 건강한 관계를 고민하는 것 그리고 남을 위해 내가 할 수 있는 아주 작은 것들을 행동으로 옮기는 것은 언제나 나를 숨 쉬고 살아 있게 한다.

아쉬람에 머무는 동안 하루도 빠짐없이 카르마 요가는 계속됐다. 우리 삶의 카르마 역시 하루도 빠지지 않고 계속되므로. 카르마와 요가의 결합이라니 실로 엄청나지 않은가. 긴장하지 않을 수 없었다. '업보 요가'라니 도대체 무얼 어쩌란 걸까 싶어 잔뜩 긴장했지만, 알고 보니 카르마 요가만큼 쉽고 간단하고 건강한 요가도 없었다.

카르마 요가는 헌신의 요가로, 자신의 이익과는 상관없이 순수한 마음으로 타인과 사회를 위해 봉사하는 형태의 요가를 말한다. 말 그대로 '공동체를 위한 순수한 노동'이라고 할까. 아쉬람의 사람들은 이렇게 매일 아침 여덟시부터 아홉시까지 한 시간 동안 집중해서 일을, 아니 요가를 한다. 아쉬람에서는 모든 일이 '요가'라는 이름으로 일어난다. 새벽 아사나를 끝내고 나서 아침식사를 하기 전까지, 모든 수련생들은 소그룹으로 나뉘어 아쉬람 구석구석을 청소하고 아름답게 가꾸는 일을 하게 된다. 여기에는 단 한 사람도 예외가 없다. 요가를 깊이 있게 이해하면 개인의 수행에만 그치지 않고 자연스레 세상에 눈이 가게 된다. 카르마 요가는 자신이 아닌 남을 위해 부지런히 몸을 놀리는, '행동하는 요가'다.

"굿모닝, 오늘의 카르마 요가를 발표하겠어요. 치카, 섹코, 알란은 도서관 정리, 제시카, 다니엘은 오피스 청소, 마크, 사라, 태미, 테주, 마가렛은 정원, 이본, 스테판, 노라, 소피는 주방일 보조, 크리스틴, 사나, 허니, 조넷, 일로는 파탄잘리 홀 청소……."

아쉬람이 원활하게 돌아가려면 스태프나 자원봉사자들의 힘만으로는 턱없이 부족하다. 매일 마흔다섯 명이 먹고 자고 배우기 위해서는 또 그만큼의 수고가 필요하다. 우리는 먹고 자고 배우고 생활하는 아쉬람을 위해 끊임없이 쓸고 닦고 일했다.

"이건 말도 안 돼. 왜 우리가 아쉬람 청소까지 해야 하는 거야?"라고 투덜거리는 건 아르헨티나에서 온 알란이었다.

"일이 아닌 아쉬람을 위한 봉사라고 생각해봐. 난 오히려 기분 좋아지는데?"

"그렇긴 하지만, 우린 요가를 배우러 온 사람들이잖아. 일하기 위해서 온 건 아니라고. 어쩐지 속고 있는 기분이 든단 말이야."

아아, 어디에나 이런 음모론과 반대론자들은 있게 마련. 본인이 그렇게 생각한다면 어쩔 수 없는 일이지만, 나는 매일 한 시간씩 아쉬람과 다른 동료들을 위해 무언가를 하고 있다고 생각하니 오히려 기분이 좋았다. 자유시간이 한 시간 더 주어진다고 한들 이보다 더 의미 있게 쓸 수 있을 것 같지 않았기 때문이다. 잠깐 머물고 가는 곳일 뿐이지만, 여기에 나의 흔적과 체취와 손길이 남아 있다는 것만으로도 이곳을 떠나 있을 때 위로가 될 것이라는 걸 알았기 때문인지도 모르겠다.

카르마 요가는 매일 다르다. 카르마 요가를 담당하는 프리다가 들어와 발표를 할 때면 심장이 두근거렸다. 오늘 나의 카르마는 대체 무엇일까? 오늘은 파탄잘리 홀은 아니었으면 좋겠군. 한 시간 안에 거길 제대로 치우기는 너무 벅차다고.

카르마 요가는 아쉬람 내의 홀 청소, 주방일 돕기, 가드닝, 꽃꽂이 등으로 이루어진다. 28일간 매일매일 랜덤으로 서로 다른 일을 맡게 된다. 그날 어떤 카르마 요가를 맡게 되느냐에 따라 하루가 완전히 달라진다. 제일 힘든 건 역시 공동화장실 청소.

특별한 재능이 있는 요기들은 아쉬람 외벽 곳곳 빈 공간에 아름다운 그림을 그리거나, 몸이 불편한 다른 요기에게 마사지를 해주기도 한다. 헤어드레서인 치카는 원하는 사람에 한해 머리를 잘라주거나 스타일링을 도와주었다. 도쿄 최고의 헤어드레서에게 머리를 맡기는 기분, 퍽 괜찮다.

아침을 먹기 전 한 시간, 아쉬람 곳곳이 말끔해지는 시간. 경쾌한 빗질과 걸레질 그리고 요기들의 웃음소리 사이로 아쉬람이 제모습을 찾아갔다. 결국 사람 사는 곳은 똑같다는 것을 나는 카르마 요가를 통해서 배웠다.

내가 가장 좋아한 카르마 요가는 주방일 보조였다. 주방일을 하면 그날의 메뉴를 미리 알 수 있을 뿐만 아니라, 정통 요기 푸드를 직접 눈으로 보고 배울 수 있어서 더할 나위 없이 좋았다.

주방에는 미세스 푸르나만큼 강한 존재감을 나타내는 또 한 명의 여인이 있었다. 그녀의 이름은 '마마'. 날씬하고 고운 선을 가진 키친 레이디들 사이로 강한 카리스마를 가진 마마가 모습을 드러낼 때면 주방은 비로소 활력을 찾았다. 마마는 이 아쉬람의 안살림을 책임지고 있는 미세스 푸르나의 오른팔이었다.

매일 아침 마마가 세 명의 키친 레이디를 데리고 아쉬람으로 출근하는 모습을 볼 때마다, 오늘은 저 아름다운 여인들이 어떤 근사한 요리를 해줄 것인지 기대하지 않을 수 없었다. 특히 마흔다섯 명의 요기는 물론, 스태프와 자원봉사자들의 한 끼 식사가 담긴 거대한 솥을 번쩍번쩍 들거나 어린아이의 허벅지만 한 주걱으로 휘휘 그 솥 안을 휘저으며 요리하는 모습을 감상하는 것은 카르마 요가, 그것도 주방일 보조를 맡았을 때나 볼 수 있는 진귀한 광경이었다. 마마, 역시 어머니라는 이름을 가진 존재는 위대하다!

카르마 요가는 다른 요기들과 어울릴 수 있는 또다른 시간이기도 했다. 카르마 요가를 통해서 그들의 캐릭터를 알아가는 재미 또한 쏠쏠했다. 성별과 나이와 국경을 넘어서, 사람의 캐릭터는 언제나 가장 흥미로운 책과 같다. 하루하루의 카르마. 자신에게

주어진 일이나 운명을 어떻게 대하는지 보면 그 사람을 읽을 수 있기 때문이다. 아무 일도 아닌 것처럼 보이지만 자신에게 주어진 그날의 카르마를 기쁘게 여기고 성실하게 해나가는 이가 있는가 하면, 귀찮고 어렵게 받아들이는 이가 있다. 똑같이 정원을 청소하는 일을 맡았다고 해서 누구나 다 같은 크기로 일하는 것은 아니다.

평소에 뺀질거리는 사람은 아쉬람의 일상생활 속, 혹은 짧은 한 시간의 카르마 요가에서도 도구가 부실하네, 흙이 질척하네, 다리가 저리네 하면서 온갖 핑계를 찾기에 바쁘다. 하지만 또다른 사람들은 그저 묵묵히 정원의 흙을 갈고 잡초를 뽑고 쓰레기를 치운다. 그리고 카르마 요가를 해나가는 와중에 점점 더 그것의 의미를 찾고 기쁨을 발견한다. 남이 그것을 알든 그렇지 않든 간에.

댕댕댕!

카르마 요가가 끝난 것을 알리는 것은 키친 레이디의 종소리다.

땀 흘려 일한 자들에게 밥이 있을 터. 건강한 육체노동 뒤에 찾아오는 일용할 양식은 말 그대로 꿀맛이다. 더 겸손한 마음으로, 더 맛있게 먹게 되는 아침식사는 그래서 즐겁다.

뱀에
대처하는
우리의 자세

시인 랭보는 바다를 처음 보고 이렇게 노래했다.

나는 보았다.

무엇을?

영원.

그것은 태양과 함께 가버린 바다.

아아, 그렇다.

나도 보았다. 무엇을?

뱀을.

그것은 아쉬람과 함께 찾아온 숙명.

뱀. 그것은 차라리 우아했다. 쉬이이이익. 촉수 같은 혀 사이로 나오는 위협의 소리마저 말할 수 없이 멋졌다. 그렇다. 나는 뱀을 보고야 말았던 것이다! 이렇게까지 말할 필요가 있을까 싶지만, 아쉬람은 말하자면 뱀의 천국이었다. 그도 그럴 것이 원래가 산이고 들이고 자연이었던 곳이 아닌가. 거기에 사람이 들어와 산등성을 깎아 작은 아쉬람을 들여앉힌 것이다. 첫날 입소식에서 간다하르 선생이 말한 것처럼 아쉬람은 우리의 것이 아니었다.

사람들은 너무나 쉽게 착각한다. 홀로 거대한 자연 앞에 서면 그 위대함을 찬탄하지만, 그곳에 건물이 들어서 있고 사람이 와글거리면 그건 자연이 아닌 우리의 것이라고. 마치 원래부터 우리의 것인 양 의기양양하다.

아쉬람에서 처음 뱀을 본 순간, 나는 그것이 모두 우스운 착각이라는 것을 깨달았다. 뱀은 당당했고 우아했다. 말하자면 너무나, 근사했다. 아쉬람에 있는 우리들 모두가 초라하고 볼품없게 느껴질 만큼. 아무리 뱀이 멋지다 한들 내가 겁을 먹지 않았다는 말은 아니다. 사실대로 이야기하자면 적잖이 충격적이었다. 크고, 굵고, 도도하다 못해 건방지기까지 한 그런 뱀을 본 적이 없었다. 동물이 그렇게 당당할 수 있다는 사실을 알지 못해서였을까, 나는 정말로 몸 둘 바를 몰랐다. 그동안 뱀은 언제나 무섭고 피해야 할 맹독류에 지나지 않았으니까.

뱀만큼이나 흥미로운 것은 뱀을 대하는 사람들의 두 가지 상반된 태도였다. 아쉬람 스태프 대 요기들. 아쉬람 스태프들은 한눈에 보기에도 참으로 의연하게 뱀을 맞았다. 내가 머무는 한 달 동안 적어도 세 번은 거대한 뱀을 보았으니, 이곳에 오래 있었던 스태프들에게 뱀은 뱀도 아니었을 것이다. 하지만 그간 뱀을 가까이서 보았을 리 없는, 나를 포함한 대부분의 요기들은 처음에 다들 식겁했다. '도대체 여기서 우리가 살아나갈 수 있을까? 우리는 서바이벌 게임이 아니라 요가를 하러 온 거라고.' 굳이 입밖으로 꺼내 말하진 않았지만 서로를 바라보는 요기들의 눈빛이 심하게 요동쳤다.

떨리고 불안한 그런 속마음을 아는지 모르는지, 간다하르 선생은 어제 잡힌 따끈따끈한 뱀을 보여주겠다며 호기롭게 우리들을 불러 모았다. 반투명의 플라스틱 캔디통에 똬리를 틀고 앉아 있는 그 녀석은 몹시 불쾌하다는 듯 우리를 노려봤다. 그런 뱀의 심정을 아는지 모르는지 간다하르 선생은 신이 나서 떠들었다. 평소에는 더할 나위 없이 차분하고 지적인 이미지였는데, 그날은 어찌된 일인지 장성한 아들을 사람들에게 소개하는 아버지처럼 콧구멍을 벌렁거리는 것이 꼭 뱀장수처럼 보였다. 머리에 수건만 두르고 피리만 불었다면 시장에서 가장 손님을 많이 끌어 모으는 바로 그런, 영락없는 그 뱀장수.

"그러니까 이 뱀으로 말할 것 같으면, 전 세계에서 세 손가락 안에 꼽히는 그런 맹독사란 말이죠. 아주 적은 양이라도 이 뱀의 독이 퍼지면 아마 즉사할 거예요. 하지만 일부러 공격하지 않는 한 이 녀석이 먼저 우리를 물지는 않아요. 우리는 이 아쉬람에서 이런 뱀들을 수도 없이 잡았지요."

"그럼 잡은 뱀들은 어떻게 하는 겁니까? 죽여버리나요?"

라고 물은 사람은 역시, 마크 영감이다.

"하하, 아닙니다. 잡은 뱀을 다 죽인다면 끝도 없을 거예요. 우리는 뱀을 죽이지 않아요. 사흘 정도 이 통 속에 가만히 내버려둡니다. 그러면 뱀도 어지간히 성질을 죽이고 잠잠해지게 마련이죠. 그때쯤 되면 먼 들로 데리고 나가서 풀어줍니다. 뱀이 위험하다는 생각은 순전히 사람들 입장에서 나온 말이에요. 뱀도 결국 하나의 생명인데, 사람들에게 해롭다고 해서 무조건 죽여야 한다는 생각이 더 위험하지요."

그러고 보니 오피스 앞에 있는 게시판 한쪽 벽면은 뱀 사진들로 가득 채워져 있었다. 사진 속에 있는, 듣도 보도 못한 온갖 종류의 뱀들은 모두 이곳 아쉬람에서 발견된 것이라 했다. 그 크기며 포즈며 뿜어내는 아우라가 말 그대로 장난이 아니었다. 재미있는 건 그 사진 위에 조그맣게 적혀 있는 문구.

'아쉬람에는 뱀이 많습니다. 뱀을 공격하지 않도록 조심하세요.'

그러니까 그 뉘앙스는 사람들에게 '뱀을 조심하라'는 게 아니라, 마치 뱀한테 '사람을 조심하라'고 말하는 투였다. 게다가 18세기 왕들의 초상화만큼 의기양양한 뱀 사진들을 보고 있자니, 참으로 이 인도 사람들의 뱀 사랑은 대단한 듯했다. 뱀을 이해하게 되면 결국 인도를 이해하는 게 아닐까 하는 생각마저 들었으니까.

뱀은 인도인들에게 낯설거나 무서운 동물이 아니다. 요가의 경지를 이룬 파탄잘리의 초상화를 보면 그는 언제나 뱀과 함께 있다. 요가의 동작은 언제나 뱀의 유연함을 추구한다. 요가에서, 인도에서, 인도인들에게 뱀은 언제나 가까이에 있다. 그들은 분명 뱀을 좋아하고 아꼈으며, 자랑스러워하는 것처럼도 보였다. 어쩌면 인도의 정규 교육과정에는 '뱀에 대처하는 우리의 자세' 같은 것이 있을지도 모를 일이다. 『어린 왕자』의 보아뱀만큼이나 속을 알 수 없는 뱀과 뱀 예찬론자들 사이에서 나는 다시 랭보의 시를 기억했다.

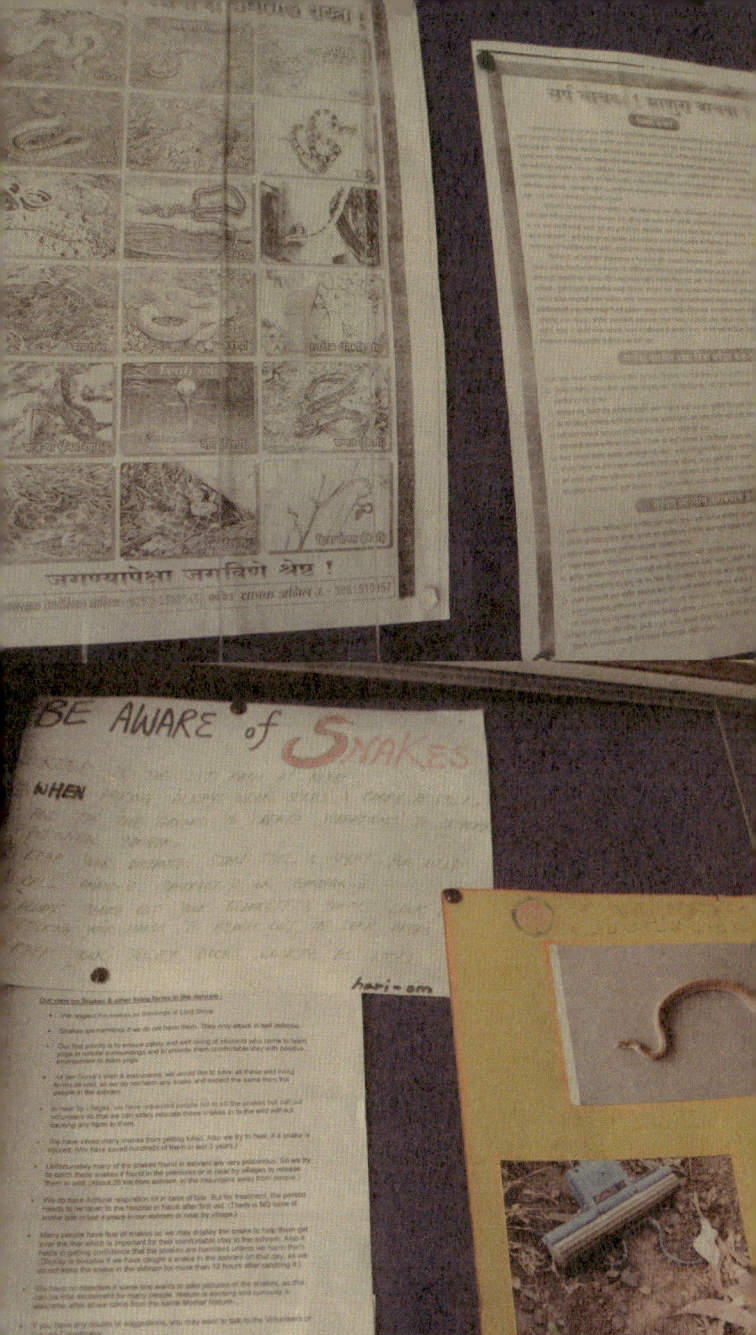

나는 보았다.

무엇을?

뱀을.

그것은 인도의 또다른 얼굴.

비워내면
차오른다

깨끗하지 않아도 될 존재란 없다. 사람은 누구나 때를 타고 냄새를 풍기고 또 상처를 입게 마련이니까. 우리는 끊임없이 씻고 또 씻어내야만 한다. 씻는다고 하면 대개는 부글부글하고 하얀 비누 거품을 떠올리게 마련이지만, 사실 진짜로 잘 씻어내고 싶을 때는 깨끗한 물 그리고 깨끗해지려는 마음만 있으면 그만이다.

'씻어낸다'는 건 '비운다'는 의미에 가깝다. 사람은 스스로를 구원할 수 없다. 하지만 적어도 스스로 씻어낼 수 있다. 깨끗함에 대한 갈망. 완전히 비워내고 다시 시작하고 싶은 욕구. 서른이 된 후 나의 주된 관심사는 이것이었다. 너덜너덜해진 마음의 조각들을 그러모아 빨래하듯 깨끗이 씻어낼 수 있다면 얼마나 좋을까. 깨빳빳하게 세탁된 뒤 햇볕에 잘 마른 티셔츠를 입을 때의 감촉이 새로 산 옷의 그것보다 더 좋은 이유는, 또 더러워져도 언제고 다시 새롭게 시작할 수 있다는 사실을 확인할 수 있기 때문이다.

클렌징 첫날, 아침 아사나 수업이 끝날 때쯤 케이트가 들어왔다.

"오늘은 클렌징을 하는 날이니 모두들 마당으로 나오세요. 여기 온 첫날, 여러분에게 나눠드렸던 작은 호리병 같은 걸 기억할 거예요. 그것과 각자 개인 수건을 가지고 사무실 앞마당에 모이세요."

첫날 받았던 호리병? 언제 그런 걸 줬단 말이지? 기억이 가물가물하다. 어쨌든 방으로 들어가 가방을 뒤져본다. 다들 뒤적뒤적하더니 가방 속에서 플라스틱으로 만든 작은 주전자를 찾아냈다. 호리병이라기보다는 '알라딘의 램프'의 플라스틱 버전이다. 조악하게 생긴 플라스틱 통이지만, 중앙에는 예외 없이 '옴(Ω)' 자가 양각으로 새겨져 있다. 이것으로 과연 무엇을 어떻게 클렌징하는 걸까? 궁금증이 밀려온다.

아쉬람에서는 하루의 일과가 엄격하게 지켜지기 때문에 아주 사소한 변화라도 큰 기대와 흥분을 몰고 온다. 클렌징 첫날인 오늘은 코를 클렌징한다고 했다. 네티Neti라 불리는 코 클렌징은 의

외로 간단하다. 코 청소에도 여러 가지 방법이 있지만 이날 우리가 한 것은 깨끗한 물로 청소하는 잘라 네티Jala Neti.

미지근한 물에 깨끗한 소금을 녹인 뒤 알라딘의 램프처럼 생긴 네티 팟Neti Pot 속에 가득 붓는다. 그리고 오른쪽으로 고개를 비스듬히 숙이고 호리병의 끝을 콧구멍에 단단히 고정시킨 다음, 소금물을 조금씩 흘려보낸다. 그러면 오른쪽 콧구멍에서 왼쪽 콧구멍으로 소금물이 흘러간다. 간질간질하다. 난생 처음 코에 물을 집어넣다 보니 코도 마음도 잔뜩 긴장한다.

이때 중요한 것은 한 통의 미지근한 소금물을 아주 천천히 그리고 일정하게 코에 흘려보내는 것이다. 긴장해서 자칫 물 조절을 잘못했다가는 얼굴에 소금물을 뒤집어쓰게 되니까. 일정한 간격으로 물을 흘려보낸 뒤에는 다리를 허리 넓이로 벌리고 서서 허리를 숙인다. 그리고 머리를 코끼리처럼 좌우로 힘차게 흔들면서 힘차게 콧김을 흥흥 하고 뿜어내면 된다. 그 뒤에는? 놀라지 마시라. 코 속에 숨어 있던 온갖 노폐물들이 그냥 쏟아져 나온다. 그럴 땐 당황하지 말고 가지고 온 수건으로 깨끗하게 코를 닦아주면 끝.

처음에는 쭈뼛쭈뼛하던 요기들도 눈빛을 빛내며 하나둘씩 고개를 옆으로 기울인다. 물을 콧속으로 흘려보내고 고개를 세차게 좌우로 흔들며 흥흥, 흥흥. 아침 여덟시, 마흔다섯 명의 요기들이

마당에 서서 너도나도 흥흥 하면서 콧김을 뿜어내는 모습을 보고 있자니 으흥흥흥 하며 나도 모르게 웃음이 나온다.

　뭐든지 처음이 어려운 법. 두번째부터는 거저먹기다. 이번에는 왼쪽에서 오른쪽으로. 똑같이 반복하면 된다. 콧구멍에서 콧구멍으로 미지근한 소금물을 붓고, 고개를 숙인 뒤, 흥흥 흥흥, 수건으로 스윽 닦으면 그만. 간단하다. 처음에 저어했던 마음은 온데간데없고, 콧속이 뻥 뚫리는 느낌이다. 코가 시원하니 머리까지 깨끗해진다. 세상에, 이렇게 시원할 수가. 웃긴 얘기지만, 왼쪽 콧구멍에서 오른쪽 콧구멍까지 이렇게 물만으로 깨끗하게 씻길 수 있다는 건 상상도 하지 못했다. 이렇게 간단한 것을 왜 그동안 몰랐

을까. 잦은 코막힘이나 비염, 감기에 특히 좋은 클렌징이라고 했다. 코 클렌징 하나만으로도 이렇게 머리가 개운해지다니 신기할 따름이다.

일주일 뒤, 네티에 이은 위 클렌징이 있었다. 위 클렌징은 위장을 깨끗하게 청소해주는 요법으로 바만 다우티Vaman Dhauti라고 불린다. 코 클렌징도 생각보다 간단했으니 위도 별 문제없을 것 같았지만 착각이었다. 문제는 분량. 무려 여덟 컵에 이르는 소금물로 위장을 청소한단다. 소금물 여덟 컵. 말이 좋아 여덟 컵이지, 컵은 또 왜 이리 큰 건가. 500cc 맥주잔은 족히 되어 보이는 거대한 스테인리스 컵을 보는 순간 머리가 그만 아득해졌다. 이것에 비하면 코에 소금물을 흘려보내는 건 그야말로 식은 죽 먹기였던 것이다.

"자, 오늘은 위 클렌징을 배워보도록 하죠. 각자 여기의 컵을 받아서 소금물 여덟 컵을 드세요. 그리고 다 마신 사람은 입 속에 손가락을 넣어서 마신 소금물을 다 쏟아내도록 합니다. 이 과정을 다 마친 사람은 파탄잘리 홀이나 방으로 돌아가서 송장 자세를 취하면서 쉽니다. 파샨이 여러분을 위해서 먼저 시범을 보일 거예요."

파샨은 능숙하게(아니면 능글맞게) 소금물 여덟 잔을 벌컥벌컥 들이키더니 허리를 숙인다. 그러자 방금 들이켰던 소금물이 폭포처럼 입에서 쏟아져 내린다. 파샨은 방긋 미소를 지으며 아무렇지도 않게 배를 스윽스윽 쓰다듬는다. 코끼리를 냉장고에 집어넣는 것처럼 간단해 보이지만 실상은 그렇지 않다. 소금물은 생각보다 훨씬 짜고 여덟 컵은 세상의 바닷물을 다 합친 것처럼 어마어마해 보인다. 덜덜 떨리는 손으로 소금물을 한 입 머금었다 뱉어내고 마는데, 용감한 요기들은 이미 한 컵을 벌컥벌컥 들이켜고 있다. 그냥 맹물을 여덟 컵 마시기도 힘든데 소금물이라니……. 쳐다보기만 해도 위액이 다 올라오는 기분이다. 이미 고개를 절레절레 흔들며 손사래를 치는 요기들도 있었다.

하지만 포기하고 싶진 않다. 벌컥벌컥 들이키는 물에 벌써 숨이 차온다. 여섯 살이었던가, 어릴 적 가족들과 함께 해수욕장에 갔다가 혼자 물에 빠져 바닷물을 잔뜩 들이킨 적이 있다. 그땐 어린 마음에도 '난 이렇게 죽는 걸까' 하고 생각했다. 바닷물은 그렇게 절망적인 맛이었다.

마늘과 쑥을 먹고 인간이 되었다는 얘기는 들었어도, 소금물 여덟 컵을 다 마신다고 내가 새사람이 될 것 같지는 않았다. 한 잔, 두 잔, 세 잔……. 다섯 잔을 넘기자 그만 정신줄도 넘어갈 것 같았다. 겨우겨우 여섯 컵을 마시고는 참지 못하고 앞마당으로 뛰쳐나가 입을 벌렸다. 우웩웩엑. 손가락을 입에 집어넣을 필요도 없이 소금물이 그대로 쏟아져 나온다. 오락가락하는 정신을 겨우 수습해서 파탄잘리 홀로 기어들어가 누웠다. 이미 위 클렌징을 마친 전우들이 낮은 신음소리를 내며 누워 있다. 이윽고 케이트가 들어와 얄미울 정도로 방긋 웃으며 말한다.

"모두들 수고 많으셨어요. 위 클렌징은 생각보다 쉽지 않았죠? 편안하게 사바사나_{Shavasana} 자세를 하고, 호흡을 가다듬으세요."

겨우 위 클렌징 한 번 했을 뿐인데, 내 몸이 얼마나 약하고 예민한지 비로소 깨닫는다. 태어나서 처음 해본 클렌징이라 낯설고 힘든 것일 테지만, 언제나 채우는 것에 급급해하는 내 모습을 그제야 본다. 비워내는 게, 한 번 씻어내는 게 이렇게 힘들 줄이야. 먹고 마시는 것에 대해서는 아무 생각이 없는데, 다시 비워내는 데는 왜 몇 배의 거부감과 노력이 드는 것일까.

송장 자세를 하고 심호흡을 연거푸 한 뒤에야 겨우 몸과 마음이 진정됐다. 미친 듯이 요동을 치던 배도 식도도 마음도 가라앉고 이윽고 편안해진다. 결국, 비워내면 다시 차오른다. 그것이 클렌징의 기본 원칙이다. 요가에서의 클렌징이란 보이는 데보다 보이지 않는 데를 씻어내는 것에 더 큰 비중을 둔다. 내부, 내면, 그 중에서도 가장 잘 보이지 않는 곳은 역시 마음. 배를 쓸어내며 가만히 마음도 쓸어본다.

제대로
산다는 건,
제대로
숨 쉰다는 것

"스으읍, 후우욱, 스으읍, 후우욱, 스읍, 후욱, 스읍, 후욱……."

이 무슨 소리인가. 내내 고요하던 파탄잘리 홀이 일순 알 수 없는 소리와 공기로 가득 차오른다. 사정을 모르는 사람의 귀에는 분명 기괴하게 들릴 웅얼거림과 격렬한 숨소리들이 어느 때보다 뜨겁게 파탄잘리 홀을 달군다. 높고, 낮고, 그르렁거리고, 갸르릉대고, 푸른 휘파람 소리 같기도 한 서로 다른 들숨과 날숨들.

요기들의 눈빛은 그 어떤 고난도의 아사나를 할 때보다 진지하고 열정적이다. 몸을 움직이지 않고 그저 숨을 쉬는 것만으로 이렇게 대단한 에너지와 기운이 뿜어져 나오는 것이 그저 경이롭기만 하다.

프라나야마Pranayama. 아름다운 발음의 이 산스크리트어는 요가의 호흡법을 뜻한다. 프라나Prana는 '숨, 호흡, 생명력, 에너지'라는 뜻이고, 아야마Ayama는 '조절, 확장, 연장'이라는 뜻이다. 그러니까 프라나야마는 '호흡을 조절한다'는 의미인 셈.

프라나야마는 그 어떤 아사나를 하는 것보다 더 까다롭고 심오하게 느껴졌다. 한 번의 호흡을 어떻게 내쉬고 들이쉬느냐에 따라 기분과 감정 상태 그리고 몸의 확연한 변화와 차이를 느낄 수 있기 때문이다. 요란한 아사나 동작 없이 그저 호흡을 제대로 하는 것만으로도 우리는 많은 것을 얻게 된다. 특히 제대로 된 호흡은 긴장과 분노, 슬픔 등 감정을 조절하는 데 탁월한 기능을 한다. 피를 맑게 해주고 노폐물과 독소를 배출하는 등 신체적인 변화도 가져다주는 것은 물론이다.

사실 프라나야마에서 가장 중요한 것은 숨을 잘 참는 법이다. 요가 호흡법은 크게 숨을 들이마시는 푸라카Puraka, 숨을 내쉬는 레차카Rechaka 그리고 숨을 참는 쿰바카Kumbhaka로 이루어지는데, 호흡을 제대로 조절하려면 무엇보다 내쉬고 들이쉬는 연습을 많이 해야 한다. 그렇게 들이쉬기와 내쉬기를 반복해서 폐를 편안하고 튼튼하게 만든 다음에야 비로소 숨을 올바르게 참는 법을 익힐 수 있다. 제대로 된 쿰바카는 호흡의 리듬을 조절해 마음을 평온하게 하고, 생각의 흐름을 통제할 수 있게 한다.

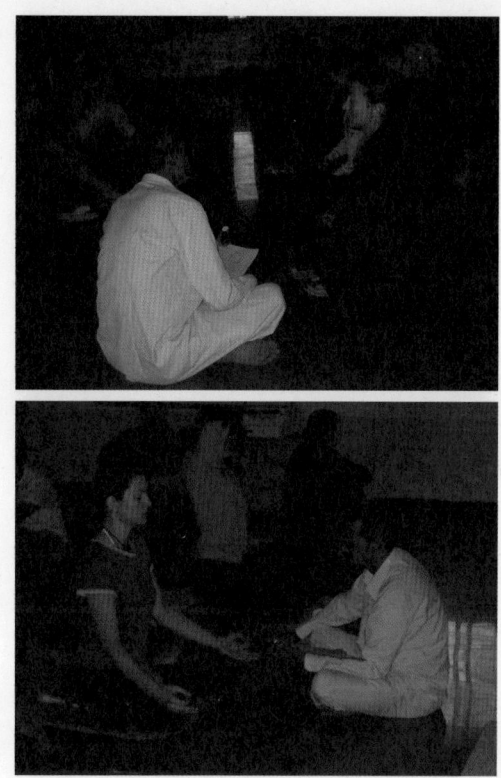

"자세를 바로 하고 허리를 곧게 폅니다. 눈을 감고 편안히 자신의 호흡에 귀를 기울이세요. 들이쉬고 내쉬고, 다시 들이쉬고 내쉬면서 호흡을 고릅니다. 자, 이제 천천히 프라나야마를 배워봅시다. 숨을 들이쉬면서 하나, 두울, 세엣, 네엣. 다시 내쉬면서 하나, 두울, 세엣, 네엣, 다섯……."

프라나야마를 아사나에서 분리된 개별적 요가로 보는 사람들도 적지 않다고 한다. 그만큼 호흡 조절을 중요하고 섬세한 요가로 치는 까닭에서일 것이다. 그러나 우리의 몸과 마음이 분리될 수 없듯, 요가에서 자세와 호흡은 결코 떨어질 수 없고 떨어져서도 안 된다는 것이 많은 구루들과 요기들의 생각이다.

내가 가장 좋아한 호흡법은 '승리의 호흡'이라고 불리는 우자이Ujjayi 호흡. 우자이 호흡에서는 마치 아기가 잘 때 낮게 나오는 갸르릉거리는 듯한 소리가 난다. 이 호흡은 성문聲門을 부분적으로 닫고, 코로 숨을 들이마시고 인후를 가볍게 건드리면서 숨을 들이쉬고 내쉰다.

이 호흡은 자신의 소리 — 정확한 소리를 내는 게 중요하다 — 를 들으면서 할 수 있고, 특히 어려운 아사나를 할 때 큰 도움이 된다. 무엇보다 자기 전에 '사바사나', 즉 송장 자세를 취한 채 이 호흡을 하면 불면증 해소에 많은 도움을 준다고 한다.

'인생이란 무엇인가'라는 질문에 선뜻 대답할 수 있는 사람이 몇 명이나 될까. 누군가 지금 묻는다면 나는 '제대로 숨 쉬는 삶'이라고 말하겠다. 제대로 산다는 건 제대로 숨 쉰다는 것의 또다른 말이니까 말이다. 사람은 1분당 15번 그러니까 하루에 21,600번 정도의 숨을 쉰다고 한다. 으앙 하고 숨을 터뜨리면서 태어났다가 마지막 순간, 숨을 훅하고 내쉬면서 생을 달리하는 그때까지 말이다.

사람들은 살면서 때때로 한숨을 쉰다. 그 모습을 보고 다른 사람들이 "아무리 힘들어도 그렇게 한숨 쉬는 거 아니야"라고 말하는 이유는, 아마도 그 한숨이 내쉬는 숨, 즉 죽음을 연상시키기 때문인지도 모르겠다. 숨이 붙어 있는 한, 살아 있는 한, 제대로 숨 쉬는 것은 그래서 너무나 중요하다.

아쉬람에서 배운 요가에서 가장 인상적이었던 것은 호흡하는 법, 즉 프라나야마를 무엇보다 중요하게 여긴다는 점이었다. 요가 동작이야 사실 비밀도 아니다. 수많은 그리고 온갖 희한한 동작들은 이미 알려질 만큼 알려져 있다. 서울이든 뉴욕이든 도쿄든 신비롭고 힘든 요가 동작을 자연스럽게 취하는 요기들은 언제나 그리고 지금 이 순간에도 다른 사람들의 찬탄을 받고 있을 것이다. 하지만 중요한 건 동작 그 자체가 아니다. 대부분의 사람들은 평생 제대로 숨을 쉬지 못한다고 한다. 자신이 할 수 있는 것보다 훨씬 적게 폐를 써서 숨을 쉴 뿐이다.

코끼리, 거북이, 비단뱀과 새, 개, 토끼의 차이점이 뭔지 아는가. 바로 호흡의 리듬이다. 앞의 동물들은 길고 느린 호흡을, 뒤의 동물들은 얕고 빠른 호흡을 한다. 그리고 이렇게 다른 호흡은 그들의 수명을 결정짓는 가장 중요한 요인이 된다. 결국 편안하고 느린 호흡은 수명을 연장시키는 중요한 열쇠에 해당하는 것이다.

아쉬람에서 내가 배운 건 동작이나 기교가 아닌, 호흡이었다. 호흡을 알고 호흡을 다루며, 그 호흡 속에서 제대로 요가를 하고 제대로 살아가는 것. 아쉬람에서 나는 비로소 내 호흡에 귀를 기울이는 법을 배웠다. 그러면서 자신의 호흡에 귀를 기울이는 것이 모든 일의 기초라는 사실을, 더불어 다른 이의 호흡에도 귀를 기울이고 호흡을 읽어낸다는 것의 기쁨을 알았다.

요가를 할 때 범하는 가장 흔한 실수는 호흡을 멈추는 것이다. 보다 완벽한 요가 동작을 위해, 더 멋있는 포즈를 취하기 위해 사람들은 생각보다 더 자주 숨을 참는다. 그리고 그것이 가장 나쁜 요가 습관임을 아는 사람은 많지 않다. 나 역시도 예외가 아니었다. 한 번 흐트러진 호흡은 쉽게 돌아오지 않기 때문에, 처음 요가를 배울 때는 긴장의 끈을 놓지 않아야 한다. 완전한 릴랙스를 위해 초긴장의 상태를 유지해야 한다는 역설. 그러나 세상의 모든 일이 그러하듯 처음에 호흡과 아사나를 제대로 결합시키는 법을 이해하고 적용하면, 나중에는 그것이 그저 물 흐르는 것처럼 자연스럽게 이루어진다.

결국 제대로 산다는 건 자신이 언제 숨을 들이쉬고 내쉴지를 아는 사람이 된다는 것이다. 삶의 리듬을 스스로 조절하고 그것을 즐기는 사람. 그것이 프라나야마를 통해 배운, 가장 단순하고도 심오한 진리였다.

사라 램버그Saara Lamberg

핀란드(현재 호주 멜버른 거주)
27세
배우

✤ 요가를 하게 된 계기는 무엇이고 요가를 시작한 지는 얼마나 되었나?

연기 수업의 일부로, 5년째 훈련해오고 있다.

✤ 요가를 해서 좋은 점이 있다면?

몸이 유연해지고 강해지며 균형을 맞출 수 있다. 요가를 배울수록 정신적인 면에 대해 더 많이 알게 되었고, 그것은 내 마음에 더 긍정적인 영향을 끼쳤다. 앞으로도 일상생활에서 더 긍정적인 생각을 하려고 노력하려 한다.

✤ 굳이 인도의 아쉬람까지 온 이유는 무엇인가?

요가 선생이 되기 위해 이 코스를 들었다. 그동안 쭉 혼자 요가를 해왔고 때때로 남을 가르치기도 했다. 인도에 요가를 배우러 온 것은 그런 의미에서 아주 자연스러운 선택이었다. 나의 요가 선생님도 이 코스를 들었다. 나중에 연기 훈련에도 요가를 접목시키고 싶다. 또한 기회가 된다면 틈틈이 요가를 가르치고 싶다. 다른 배우나 아티스트들을 가르칠 기회가 오지 않을까.

✤ 아쉬람에서 무엇을 배웠나?

이 모든 경험이 나를 요가적인 삶으로 이끌어줬다. 주로 나와 비슷한 상황에 있는 다른 사람들과의 대화를 통해.

✤ 아쉬람 생활에서 좋았던 점과 나빴던 점은 무엇인가?

아사나 수업, 이론 수업 등등 할 게 너무나 많았다는 사실 덕분에 쉴 틈 없이 집중할 수 있었다. 하지만 새벽에 일찍 일어나는 건 힘들었다. 해가 뜨고 나서 일어나는 게 정상 아닌가. 그리고 훈련 중간중간에 느꼈던 다소 종교적인 부분도 내게는 별로였다. 때때로 여기서 배운 어떤 것들은 너무 개인적인 것에만 집중되어 있다는 느낌이 들었다. 세상을 더 넓게, 있는 그대로 보는 것도 중요하다고 생각한다. 그게 문제투성이든 기쁨이든 간에. 감정을 지나치게 억제하거나 무시하는 것이 이상적인 요가라고 생각하는 것도 별로인 듯.

❖ 당신에게는 구루가 있나?

나의 구루가 그런 것처럼, 나도 사람을 믿는다. 그리고 우리가 살아가고 있는 이 세상을 존중한다.

❖ 인도의 매력은 무엇이라 생각하는가?

나는 많은 다른 나라에서 살아봤는데, 각각 장단점이 있다. 인도 사람들은 대체로 정직한 것 같다. 그리고 우리 서양인들보다는 자연에 더 가까운 생활을 한다. 하지만 이건 어디까지나 일반적인 얘기니 모두에게 적용될 순 없을 거다. 그건 그렇고, 여기 날씨는 참 마음에 든다. 난 따뜻한 곳을 좋아하니까!

❖ 인생에서 당신의 가장 큰 적은 무엇인가?

죄. 난 너무 많은 죄의식을 달고 산다. 아무한테도 도움이 안 되는 이 죄의식을 없애기 위해 싸운다.

❖ 당신의 삶에서 가장 중요한 것 세 가지는?

친구들 그리고 파트너와의 가까운 관계. 더 나은 사람이 되려고 노력하는 것. 내 커리어(난 내 직업을 너무 사랑한다!).

❖ 건강한 삶을 위한 당신의 조언은?

충분한 수면! 아홉 시간 이상은 자려고 한다. 물을 많이 마신다. 기본적으로 채식을 하지만 가끔 생선도 먹는다. 많이 움직인다. 체육관, 요가, 달리기, 걷기. 집 밖에서 시간을 많이 보내려고 노력한다.

❖ 스트레스 완화를 위한 당신의 조언은?

어떤 스트레스냐에 따라 다르겠지. 사랑하는 사람의 죽음 등 삶이 바뀔 정도의 상황에 있다면 테라피를 권유한다. 그때는 너무 큰 슬픔 때문에 남은 삶이 절망적으로 느껴질 테니까. 좀더 캐주얼한 스트레스라면 규칙적으로 운동하고, 좋은 음식을 먹고, 자기 자신을 좀더 소중히 여겨주는 것이 좋을 듯하다. 좋은 친구와의 깊이 있는 대화도 빠질 수 없겠지.

✛ 당신의 첫 요가 수업에 온 학생들에게 하고 싶은 말이 있다면?

환영합니다! 여러분을 만나게 되어서 정말 기쁘군요. 부디 편안한 마음으로 이 시간을 즐기시길 바랍니다.

✛ 요가를 다른 사람에게 추천한다면 어떻게 이야기하겠는가?

처음에는 편안한 기본 동작들로 시작하세요. 많은 사람들이 자신이 유연하지 못하거나 좀더 강하지 못하다고 걱정하지만, 대부분의 사람들은 누구나 쉽게 요가를 배울 수 있답니다.

✛ 당신에게 요가란 무엇인가?

몸과 마음의 균형. 또한 다른 사람들과 함께 어울리는 것을 감사할 수 있는 좋은 기회.

✛ 가장 행복했던 순간은 언제였나?

나의 생각을 다른 사람과 나눌 때 가장 행복하다. 물론 좋은 음식도 함께여야 겠지. 자신을 이해하고 인정해주는 사람들과 함께하는 시간은 정말 중요한 것 같다. 직업적으로는 일을 잘 해냈을 때 성취감을 느낀다. 만약 내 연기가 다른 사람들에게 감동을 줄 수 있다면 그때만큼 행복할 때도 없겠지.

✛ 가장 화가 났던 순간은?

뭔가를 하염없이 기다릴 때.

✛ 당신의 꿈은 무엇인가?

결코 포기하지 않고 해나가는 것. 세상을 알아나가는 것.

마낫시니 폭솜밧Manatsinee Phoksombat

태국 방콕
27세
회사원

❖ 요가를 하게 된 계기는 무엇이고 요가를 시작한 지는 얼마나 되었나?

요가를 한 지는 5년 정도 됐다. 자주 다니던 헬스클럽에서 우연히 요가 수업을 들었는데 몸이 편안하고 가벼워졌다. 그때부터 요가에 빠져서 웹 서핑도하고 책과 DVD도 사 보면서 자연스럽게 시작하게 됐다.

❖ 요가를 해서 좋은 점이 있다면?

체중 조절. 집중력이 좋아지고 피부 트러블도 상당히 완화된다. 생리통도 덜해지는 것 같고, 무엇보다 감정 콘트롤에 많은 도움이 된다. 요가를 한 뒤부터는 쉽게 흥분하지 않게 됐다. 예전에 집안에 경제적인 문제가 있어 심적으로많이 힘들었는데, 그때 요가가 많은 도움이 됐다.

❖ 굳이 인도의 아쉬람까지 온 이유는 무엇인가?

인도의 전통문화를 배우고 싶었고, 지금 태국에 있는 인도인 요가 선생님의추천도 있었다.

❖ 아쉬람에서 무엇을 배웠나?

인도에 도착하자마자 갖고 있던 돈을 다 잃어버리는 바람에 많이 속상했다.그때 택시기사를 비롯해 많은 사람들이 진심으로 걱정하며 도와줬다. 돈보다더 많은 걸 얻었다고 생각한다. 아쉬람 사람들도 굉장히 친절했다.

❖ 아쉬람 생활에서 좋았던 점과 나빴던 점은 무엇인가?

이곳에서는 잠이 달다. 꿈도 잘 꾼다. 새벽 다섯시에 일어나는 것이 하나도 부담스럽지 않다. 방콕에서는 언제나 피곤에 절어 있었는데. 나쁜 점은 없다. 처음에 돈을 몽땅 잃어버린 것 빼곤.

❖ 당신에게는 구루가 있나?

태국에 있는 나의 요가 선생님. 나를 요가의 세계로 인도해준 분이다. 그는 매일 새벽 네시에 일어나서 수리야 나마스카라(Surya Namaskara_태양경배자세)를 108번이나 한다. 놀라운 분이다.

✤ 인도의 매력은 무엇이라 생각하는가?

인도는 시골뿐만 아니라 도시도 전통과 현대가 조화를 이루고 있다. 사람들은 물론 인도 문화 그 자체 그리고 음식도 매력적이다.

✤ 인생에서 당신의 가장 큰 적은 무엇인가?

나 자신. 해야 할 일이 무엇인지 알지만 여전히 제대로 해내지 못한다.

✤ 당신의 삶에서 가장 중요한 것 세 가지는?

가족, 나 자신, 사회.

✤ 건강한 삶을 위한 당신의 조언은?

아홉 시간 이상 자고, 물을 많이 마시고 매일 요가를 해라. 마음의 근심을 없애려 노력하고, 책을 많이 읽어라.

✤ 스트레스 완화를 위한 당신의 조언은?

취미 활동을 해라. 혼자 있지 말고 가족이나 친구와 함께해라.

✤ 당신의 첫 요가 수업에 온 학생들에게 하고 싶은 말이 있다면?

"진정한 요가가 어떤 것인지 여러분과 함께 나누고 싶습니다. 단순히 아사나 동작만이 아닌, 명상과 클렌징 테크닉을 통해 요가의 전부를 같이 배워봅시다." 요가 동작 하나를 가르쳐도 그 의미를 찬찬히 설명하면서 가르칠 거다.

✤ 요가를 다른 사람에게 추천한다면 어떻게 이야기하겠는가?

몸과 마음의 균형을 찾고 싶다면 요가를 해라. 요가는 결코 단순한 운동이 아
니다.

✤ 당신에게 요가란 무엇인가?

내 친구! 베스트 프렌드! 좋은 친구와 이야기하면 지루하지 않듯 요가도 항상
그랬다.

✤ 가장 행복했던 순간은 언제였나?

가족과 함께 있을 때.

✤ 가장 화가 났던 순간은?

일 때문에 스트레스 받을 때. 상사가 화낼 때.

✤ 당신의 꿈은 무엇인가?

태국에서 요가센터를 운영할 계획이다. 단순히 요가만을 가르치는 곳이 아니
라 노인, 아이들, 직장인, 특수 직업을 가진 이들을 위한 명상센터도 함께 운
영하려 한다. 이미 친구들과 이 사업에 대해 논의하고 있다.

'인생이란 무엇인가'라는 질문에

선뜻 대답할 수 있는 사람이

몇 명이나 될까.

누군가 지금 묻는다면

나는 '제대로 숨 쉬는 삶'이라고 말하겠다.

제대로 산다는 건 제대로 숨 쉰다는 것의

또다른 말이니까 말이다.

3장
나를
만나다

HARI OM

고생
끝에
낙이 온다

아는가, 하나님도 이 세상을 만들고 7일째는 쉬었다. 그렇다. 우리에게도 휴일이 필요한 때가 온 것이다. 하지만 모든 좋은 것들 이전에는 그를 위한 대가가 따르는 법. 일주일에 한 번씩 찾아오는 휴일 전날에는 어김없이 시험이 있다.

솔직히 말하자면, 태어나 이렇게 짧은 기간 동안 이토록 많은 시험을 친 적이 없다. 아사나 초급과 중급 시험을 시작으로 프라나야마 시험, 세 번에 걸친 이론 시험 그리고 가장 힘들었던 마지막 주에 거의 매일 치러진 마이크로 레슨까지. 시험의 홍수 속에서 정신을 차릴 수 없었다. 그러나 대부분의 수업을 성실하게 듣고 앞에서 말한 시험만 빠지지 않는다면 누구나 '빛나는 졸업장'을 받을 수 있다.

아사나와 프라나야마 시험은 초급과 중급으로 나뉘어 치러진다. 마흔다섯 명의 학생들은 다섯 명씩 아홉 개 조로 나뉘어 조별로 시험을 본다. 파탄잘리 홀에서 오순도순 사이좋게 모여 수업을 들을 때의 여유롭고 편안했던 분위기는 어느새 사라지고, 팽팽한 긴장감마저 느껴지는 시험시간.

평소 수업을 들을 때는 아무런 무리가 없던 아사나도 긴장한 탓인지 계속 삐그덕거린다. 갑자기 손가락 발가락이 쭈뼛거리며 차가워지고, 땀은 차오르고 숨도 더 가빠지는 것만 같다. 지금 할 수 있는 건 그저 "옴-" 하고 길게 숨을 들이쉬었다 내뱉는 것뿐.

이론 시험은 대학 시험과 유사해서, 칠판에 몇 개의 문제를 주고 논술하라는 스타일이다. 오픈 북이지만, 내용을 미리 숙지하고 있어야 하고 응용해서 써야 하는 문제도 많기 때문에 꼼꼼히 공부해두지 않으면 안 된다. 시험 문제는 주로 이런 식이다.

이론 시험 1

– 하타Hatha 요가와 아쉬탕가 요가의 차이점을 논하시오.

– 전통 요가와 현대 요가에 대해 논하시오.

– 야마Yama 중 하나를 따를 수 없는 상황이 온다면?

– 카르마 요가는 무엇인가? 카르마 요가를 수행함으로써 얻는 좋은 점은 무엇인가?

– 다라나Dharana, 디야나Dhyana, 사마디Samadhi의 차이점을 설명하시오.

– 하타, 아쉬탕가, 박티Bhakti, 카르마, 탄트라Tantra, 즈나나Jnana 등 각각 다른 스타일의 요가의 차이와 관계에 대해 설명하시오.

– 일상생활에 니야마Niyama를 적용할 수 있는 예를 들어보시오.

이론 시험 2

– 프라나야마가 호흡계를 비롯한 신체와 정신에 끼치는 영향을 논하시오.

– 아사나 동작을 할 때 천천히 여유 있게 하는 것이 왜 중요한지 논하시오.

– 아사나와 운동의 차이를 간략히 논하시오.

– 하타 요가에서 프라나야마의 네 가지 타입에 대해서 설명하고 각각의
　장단점을 설명하시오.

– 클렌징 테크닉의 장점을 논하시오.

– 인버전 포즈Inversion pose와 밸런스 포즈Balance pose의 중요성에 대해
　논하시오.

저 많은 걸 우리가 언제 배웠단 말인가. 화이트보드에 가득 적힌 시험 문제를 보는 순간 어찌나 까마득한지 순간 눈을 질끈 감고 말았다. 과연 시간 안에 제대로 답을 써낼 수나 있을까.

우여곡절 끝에 한바탕 시험을 치른 뒤 드디어, 마침내, 우리에게 찾아오는 것은 바로 그것, 휴일! 하루 동안의 달콤한 휴일이다! 홀리데이 만세!

가까스로 답안지를 제출하고 나자 마돈나의 목소리가 귓가에 이렇게 속삭이는 것만 같다.

Holiday! Celebrate!

Everybody spread the word

We're gonna have a celebration

All across the world

In every nation

It's time for the good times

휴가를 축하해요!

세상의 모든 사람들과

우리는 축하의 자리를 마련할 거예요.

전 세계와 모든 나라에서 말이죠.

정말 좋은 시간들이 될 거예요.

시내로 나가기 전날, 무려 한 시간이 넘는 오리엔테이션이 있었다. 이미 수백 명의 요기들이 거쳐간 이곳 아쉬람의 스태프들은 늘 걱정이 먼저 앞섰다. 아쉬람은 인도의 북쪽 하고도 아주 작은 도시 안에 있고, 아쉬람 방문자 외에는 외국인들이 거의 찾아오지 않는 곳이다. 게다가 시내라고 해봤자 도보로 한 바퀴를 도는 데 한 시간도 채 걸리지 않는 작은 곳.

지도. 손으로 조악하게 그리긴 했지만 그건 분명 지도였다. 케이트는 우리에게 희미하게 복사된 지도 한 장을 나누어주었다. 지도 안에는 슈퍼마켓, 인터넷 카페, 커피숍, 사리 전문점, 은 판매점 등이 마법처럼 펼쳐져 있었다. 그렇다. 이것은 보물지도!

"아쉬람에 온 지 벌써 일주일이 되었군요. 여러분 모두 잘해주었습니다. 정말 자랑스러워요. 내일은 첫 휴일이니 다들 할 일이 많겠지요. 셔틀은 내일 아침식사 후에 출발하니 시내로 나갈 사람은 이름을 적어주세요. 내일은 여러분들의 자유시간이지만 두 가지만 주의해주었으면 좋겠어요. 먼저, 시내에서 파는 음식은 되도록 먹지 않는 것이 좋아요. 대부분 기름지고 자극적인 음식들인데 갑자기 그런 음식들을 먹으면 배탈이 날 수도 있으니까요. 시내에 있는 사무실에 여러분을 위한 점심을 준비해두었으니 자유롭게 가서 드시면 돼요. 그리고 셔틀은 오후 세시와 다섯시에 시내 사무실에서 출발합니다. 아무리 늦더라도 다섯시 셔틀은 꼭 타야 아쉬람에 제시간에 도착할 수 있어요. 그럼, 즐거운 휴일 되길 바랍니다. 하리 옴."

케이트와 다른 자원봉사자들의 염려스런 눈빛과는 반대로 이미 요기들의 눈빛은 즐거움과 호기심에 반짝인다. 하긴, 아쉬람에 들어와서 내내 긴장하며 새벽부터 저녁까지 요가만을 생각하다 일주일 만에 다시 자유로운 여행자의 신분으로 돌아간다는 건 정말 설레는 일이 아닐 수 없었다.

드디어 휴일날 아침.

아쉬람의 휴일에는 특별히 식사시간에도 대화가 허용된다. 첫 소풍이라도 가는 아이들처럼 다들 흥분해서 어쩔 줄 몰라 한다.

역시. 아침식사를 끝내고 아쉬람에서 준비한 셔틀(이라기보다는 셔틀용 대형 지프차라고 해야겠다)에 나눠 탔다. 기대에 부푼 요기들의 표정에 부응하듯 다섯 대의 셔틀이 누런 먼지를 일으키며 요란하게 출발한다. 이 얼마 만의 드라이브란 말인가. 아쉬람에서 시내까지는 차로 족히 한 시간이 넘게 걸리는 거리. 차창 밖으로 소박한 마을의 풍경이 스쳐 지나간다.

작은 시골 마을의 도로가 제대로 닦여 있을 리 없으니, 시내까지 가는 한 시간은 마치 롤러코스터 위에 있는 것만 같다. 속도 울렁거리고 엉덩이도 욱신거리는 느낌이 들려는 찰나, 드디어 다운타운에 도착. 가장 먼저 우리를 맞이한 건 매캐한 매연과 무지막

지한 자동차의 경적 그리고 어김없이 지나가는 소달구지의 행렬이다.

로마의 휴일, 아니 아쉬람의 휴일은 온 시내가 북적대는 날로 마치 시골의 5일장 같은 풍경이다. 셔틀에서 한꺼번에 우르르 쏟아져 나온 마흔다섯 명의 요기들은 어느 상점 하나 빠뜨리지 않고 점령할 기세였다. 메인 도로를 따라 즐비하게 늘어서 있는 상점들 중 시선을 사로잡는 건 무려 3층짜리 맥도날드 건물. 그 옆을 따라서는 인터넷 카페, 옷 가게, 과일 가게, 빅 바자Big Bazzar라는 이름의 대형마트, 약국 등이 먼 데서 온 이방인들을 활짝 반기고 있었다.

골목 안쪽에는 우리가 그토록 고대하던 또하나의 가게가 있었으니, 바로 커피숍이었다! 이름하야 '바리스타'. 눈물이 날 것만 같았다. '먹이를 찾아 산기슭을 어슬렁거리는 하이에나'처럼 우르르 달려 들어가 카페인을 흡입하는 것은 휴일에 치러야 할 첫 거사였다. 좀더 기분을 낸다면 유리진열장 안에 얌전히 놓여 있는 초코퍼지 케이크도 함께. 커피 앤드 케이크. 오랜만에 몸속에서 조우한 이들의 화학 작용으로 갑자기 아드레날린이 솟구치는 것만 같다.

어느새 바리스타는 아쉬람에서 뛰쳐나온 '하이에나'들로 발 디딜 틈 없는 북새통이 된다. 그렇게 허겁지겁 커피와 케이크를 먹어치우고 나면 그제야 정신이 들면서 마침내 존재론적인 회의감이 밀려들기 시작한다. 아아, 너는 정녕 한 마리의 짐승에 지나지 않았단 말이냐. 고작 이따위에 이렇게 마음이 허물어지다니……. 지난 일주일간 그렇게 열심히 갈고닦았던 '요가적인 삶'은 어디로 갔단 말이냐. 고개를 떨구고 절체절명의 위기감을 느끼려는 찰나, 일주일에 한 번 그 정도의 사치는 부릴 수 있는 거라고 스스로를 다독인다. 그래, 난 적어도 맥도날드는 가지 않았잖아, 하며 자위하는 것도 물론 잊지 않는다.

일단 그렇게 만족스럽게 배를 채우고 나면 뿔뿔이 각자의 정해진 루트대로 흩어진다. 동선이라고 해봤자 거의 커피숍 아니면 인터넷 카페, 그도 아니면 슈퍼마켓이나 헤나숍 정도가 전부였지만, 아침 열시에 나가 오후 세시에 돌아오는 일정이었으니 여유를 부릴 틈이 없었다.

점심은 시내에 있는 아쉬람 사무실에서 따로 마련한 요기식을 먹어도 되고, 그냥 일반음식점에서 사서 먹어도 된다. 나는 함께 나간 룸메이트 소피와 단과 함께 작은 식당을 찾았다. 하지만 커피를 마실 때 느꼈던 만족감과는 달리, 아쉬람 밖의 음식은 너무 기름지고 지나치게 달고 의심스럽게 척척했다. 절반도 먹지 못하고 접시를 내려놓았다. 새삼 아쉬람의 신선하고 따뜻한 음식들이 그리워진다.

좀더 호기심이 많은 요기들은 릭쇼를 타고 가까운 구시가지로 짧은 여행을 떠나기도 했지만, 시내에서의 시간이 이내 지루해진 나는 아쉬람으로 돌아가고 싶은 마음뿐이었다. 그래, 돌아가자, 아쉬람으로!

소피는 구시가지로, 단과 나는 승차 지점인 아쉬람 사무실로 돌아왔다. 거기서 셔틀을 기다리고 있는 또다른 요기들을 보니 빨리 아쉬람으로 돌아가고 싶은 사람이 나뿐이 아니라는 생각이 들어 실실 웃음이 나왔다. 아쉬람에 '갇혀' 있(다고 생각했)을 때는 어서 빨리 휴일이 와서 시내 구경을 하고 싶은 마음뿐이었는데……. 사람의 마음이란 이토록 변덕스러운 것인가보다. 예정된 시간 전이지만 돌아갈 요기들이 제법 모이자 아쉬람 사무실에서는 따로 셔틀을 준비해주었다. 셔틀이 출발하자 어찌나 안심이 되는지 나도 모르게 한숨이 포옥 나왔다.

첫번째 휴일은 그렇게 시시하게 끝났지만, 한 가지는 분명했다. 진정한 휴일이란 몸과 마음이 가장 평온한 상태에서만 비로소 완성된다는 사실. 다음번 휴일은 아쉬람에서 지내볼 작정이다.

나의
노래를
찾아서

바흐의 무반주 첼로 모음곡 1번을 들어본 적이 있다면 알 것이다. 웅장한 오케스트라나 성악가의 현란한 목소리는 없다. 그저 단단한 나무로 만든 몸통의 첼로 그리고 네 개의 현 위를 가만히 미끄러지는 활이 빚어내는 오묘하고 깊은 울림만 있을 뿐. 그때의 울림이란 소리라기보다는 차라리 한 폭의 웅장한 진동에 가깝다. 잡다한 것에 시달렸던 마음을 잠시 내려놓고 가만히 눈을 감은 채 귀를 기울이면 이내 알게 된다. 이 울림은 진정 이곳이 아닌 다른 곳에서 찾아오는 것임을. 마치 하늘에서 땅으로 떨어지는 눈이 그러하듯, 그 소리는 이 세상의 침묵과 공기를 가르고 곧장 폐부를 찌르고 들어오는 것임을. 그리고 그것이야말로 세상의 모든 음악과 소리를 압도하는 궁극의 소리임을.

"옴(Aum)-"

이 단 한 마디의 만트라Mantra를 들었을 때 느꼈던 놀라움과 경이로움은 바흐의 그 곡을 처음 들었을 때의 느낌만큼이나 크고 강했다. 인간의 몸이 첼로만큼이나 크고 아름다운 하나의 소리통이라는 것을, 이 한마디의 만트라를 통해 비로소 알게 되었다.

사실 이곳 아쉬람에 와서 맨 처음 배운 것은 새로운 아사나 동작이 아닌 만트라였다. 햇살이 뉘엿뉘엿해질 무렵, 그러니까 아마도 오후 다섯시경이었던 것 같다. 긴 비행시간과 시차, 낯선 장소와 사람들에 둘러싸여 꼬박 하루를 보낸 뒤 겨우 이곳에 도착해 짐을 풀고 저녁식사를 마치자 긴장과 피로가 몰려왔다. 바로 그때, 어디선가 담황색 사리를 입은 할머니가 들어와 우리와 함께 바닥에 앉았다. 할머니 주변에는 알 수 없는 아우라가 맴돌았다. 막 식사를 마친 네 명의 다른 사람들은 자연스럽게 그녀 주변에 둘러앉았다. 누가 누군지 알 길이 없었지만 통성명을 할 힘조차 없이 심신은 그저 노곤하기만 했다. 눈꺼풀은 한없이 무겁고 몸은 천근만근 아래로 가라앉았다. 그런데 그 무겁고 탁한 공기를 가르고 하나의 노래, 아니 생전 처음 들어보는 소리가 내 귀를 곧장 찌르고 들어왔다.

"옴 나마 시바야 옴 나마 시바야- 나마 시바야 나마 시바야-"

알 수 없는 언어였다. 어떤 악기도 없었다. 하지만 그녀의 목소리에는 웅숭깊은 우물처럼 모든 것을 끌어안는 힘이 있었다. 여기에 오기까지 잔뜩 긴장했던 몸과 마음을 깨끗이 씻어주는 것만 같았다. 신기한 일이었다. 태어나 생전 처음 듣는 노래였지만 말할 수 없는 위로감을 주는 그 울림. 나는 그만 참고 있던 울음을 터뜨렸다. 마치 어렸을 적 어머니가 가만가만 배를 쓰다듬으며 불러주었던 자장가처럼 소박한 만트라의 선율과 진동 그리고 감흥이 아무런 예고도 없이 나를 뒤흔들었던 것이다.

만트라는 '진실하여 거짓이 없는 말', '드러난 소리'라는 뜻이다. 사실 만트라라는 말 자체에는 특별한 의미가 없다. 순수한 음과 진동 그리고 그것이 우리 자신의 몸을 통해 나올 때 마침내 내면의 순수한 빛과 의미로 드러나게 될 뿐이라고 한다. 특정한 신의 이름이나 종교를 지칭하는 것이 아니라 세상의 절대적인 존재에 대한 갈구이자 그것을 향해 좇아가려는 구체적인 움직임인 만트라는 요가 수행의 하나로 쓰이고, 같은 이유에서 최근에는 음악치료의 한 방법으로도 활용되고 있다.

사실 한국에서 요가를 배울 때는 아사나와 명상에 좀더 치중했기 때문에, 따로 '요가 음악'이라는 것을 접할 기회가 없었다. 그렇기에 아쉬람에서 만난 요가 음악은 낯설지만 큰 울림으로

다가왔다. 요가 음악의 처음이자 끝인 만트라를 배운 것은 정말이지 놀라운 체험이었다. 그전까지 내게 있어 만트라란 그저 절간 스님들의 염불 정도로만 인식되었기 때문이다.

아쉬람에서 배운 만트라는 '옴'이라는 단 한 음절의 음에서부터 짧고 간단한 챈팅 그리고 제법 긴 호흡의 노래들까지 다양했지만 모두 산스크리트어로 되어 있다. 이제껏 배워왔던 그 어떤 언어와도 달랐기에 낯설고 어색하고 우습기만 했던 노래들이었지만, 만트라가 가진 특유의 사운드와 오묘함 그리고 그 깊이는 나의 마음을 조금씩 열어가고 있었다. 아쉬람에서의 모든 요가 수업은 만트라로 시작해 만트라로 끝나기 때문에 나중에는 만트라 없이 요가를 한다는 것은 상상할 수도 없는 일이 되어버렸다.

만트라의 기본이 되는 '옴카Omkar'는 그 진동의 폭이 아주 대단하다. 만트라의 시작이자 궁극의 만트라로 여겨지는 옴카는 '옴'이라는 단 한 음절의 소리를 얼마나 진실하고 깊이 있게 소리 내는가에 대한 고민이자 성찰에서 비롯되었다. '옴'은 말 그대로 '옴!' 하고 단 한 음절로 짧게 끝내버릴 수도 있지만, 어떻게 소리를 내느냐에 따라 꼭 우물이나 동굴에 들어와 있는 것처럼 거대한 울림을 낼 수도 있다.

옴카 수업에 따르면, 약 2-3-5초 정도의 간격을 두고 복부-가슴-성대를 통해 숨을 들이쉬고 내쉬면서 최대한 진동과 소리를 온몸으로 체험하는 것이 기본이다. 옴카를 하기 전에는 먼저 바르게 앉아서 등을 곧게 펴고 몸의 긴장을 충분히 풀어야 한다. 복부 깊숙이 들이킨 숨이 가슴을 지나 성대를 울리면서 '옴' 하고 오므린 입술을 통해 나오면 자신이 말 그대로 하나의 소리통이 된다. 처음에는 단순히 소리만 들리겠지만 그 소리가 진동으로 변하면서 금세 몸이 뜨거워지는 것을 느낄 수 있다.

"자, 다 같이 한번 해봅시다. 오오-오오옴-으으으으음. 진동이 느껴지나요? 옴카의 기본을 알려주긴 했지만 자신에게 맞는 옴카를 찾아내는 것이 제일 중요해요. 입을 지나치게 크게 벌린다거나, 인위적으로 소리를 길게 내려는 건 무의미한 일이죠."

옴카 예찬론자인 푸르니마 여사는 요가를 할 때뿐 아니라 스트레스가 심할 때나 긴장된 상황에 있을 때도 옴카를 통해 호흡을 가다듬고 마음을 안정시킬 수 있다며 그 효과를 강조하는 것을 잊지 않았다.

"여러분 중 누구라도 나중에 이곳 아쉬람을 떠나서 인도를 여행하게 된다면 분명히 내 말을 기억하게 될 거예요. 알다시피 인도를 여행한다는 건 결코 만만한 일이 아니니까, 힘든 상황에 맞닥뜨릴 때 이 옴카를 여러 번 반복해서 해보세요. 정말 효과가 있을 테니까요."

아쉬람에서의 첫날 이후, 내게 만트라의 의미를 새롭게 알게 해준 두 번의 기회가 더 찾아왔다. 한 번은 나의 만트라로 남에게 위로를 주었을 때 그리고 나머지 한 번은 그 반대의 경우였다.

약 4주간의 수업에서 첫 2주는 주로 자신이 요가를 배우는 데 할애되고, 3주차부터 2주간은 다섯 명씩 소그룹을 이루고 한 사람씩 돌아가면서 다른 네 명에게 요가를 가르치는 훈련을 하게 된다. 학생이 셋이든 다섯이든 그 수에 상관없이 누군가를 가르친다는 건 쉬운 일이 아닌데, 한 그룹 안에는 서로 다른 캐릭터와 실력을 가진 사람들이 다양하게 섞여 있으니 더더욱 긴장할 수밖에 없었다. 하지만 배운 대로 그리고 동시에 자신만의 방법으로 타인을 가르친다는 것은 또 그만큼 신나고 멋진 일이었다. 요가

를 같이 배우던 친구들이 다시 나의 요가 선생이 되어 가르침을 주는 것은 단순히 요가를 배우는 것 이상의 의미를 부여해주었다. 특히 내가 그들을 가르칠 때는 더더욱.

소그룹 수업은 오후 네시에 시작되었다. 다소의 차이는 있었지만 다들 배운 대로 수업을 잘 이끌어나갔다. 그리고 드디어 내 차례가 왔다. 터질 것 같은 심장을 겨우 진정시키고 앞에 나가 요가 매트를 깔고 앉았다. 다른 사람에게 요가 수업을 가르치게 될 줄이야! 일 미터도 안 되는 지척에서 여덟 개의 눈동자가 나를 지켜보고 있다! 정신이 혼미해질 지경이었지만 일단 배운 대로 차근차근 해보자며 마음을 다잡았다. 맨 먼저 눈을 감고 숨을 고른다. 그리고 만트라. 내가 만트라를 선창하면, 친구들이 나의 만트라를 따라 한다.

"옴 나마-"

"옴 나마-"

그리고 정신없이 15분간 아사나와 프라나야마 수업을 마치고 다시 마지막 만트라로 마무리.

"옴 시바-"

"옴 시바-"

휴우, 겨우 끝났다. 아무리 간단한 수업이라도 남들을 가르치는 것은 너무 어렵구나. 게다가 요가를, 심지어 영어로. 잘했는지 못했는지 생각할 겨를도 없이 어쨌거나 무사히 끝난 것에 스스로 안도하며 식은땀을 훔치는데, 옆에 있던 줄리엔이 환하게 웃으며 이렇게 말했다.

"정말 좋은 만트라였어. 네가 내는 소리는 아주 곧고 청명해서 방안 가득 울리더라. 참 좋았어."

아아, 이런. 너무 고마워. 줄리엔. 비록 아사나 수업에 대한 칭찬은 아니었지만, 네 덕분에 앞으로는 좀 덜 떨릴 것 같아. 내 만트라가 누군가에게 감동을 주었다는 사실이 다시 내게 감동이 되어 돌아왔다.

만트라의 의미를 두번째로 새롭게 느꼈던 것은 여느 날과 다를 바 없이 모두가 모여 했던 아사나 수업시간에서였다. 들판으로 난 창문에서 기분 좋은 미풍이 불어들고 햇살도 유난히 반짝이는 오전 열한시의 풍경. 주로 오전 수업을 진행하던 링링 대신 간다하르 선생님이 들어오셨다. 선생님은 이론 수업만 하고 아사나는 젊은 스태프들이 하곤 했는데 그날따라 아무런 예고도 없이 선생님이 성큼 파탄잘리 홀 안으로 들어온 것이다. 수업 내용은 평소와 크게 다를 것이 없었지만 선생님이 인도했던 만트라 챈팅은 그 울림과 깊이가 달랐고, 우리 마흔다섯 명의 만트라도 자연스럽게 선생님이 인도하는 대로 끌려갔다. 처음에 제각기 달랐던 마흔다섯 개의 사운드는 종국에 하나로 둥글게 모이더니 거대한 진동이 되어 홀 안을 가득 채웠다.

하모니! 아, 이런 것이 바로 하모니구나! 그 진동은 분명 하모니 그 자체였다. 혼자서 하는 만트라와 함께하는 만트라가 이토록 다르다니. 서로 다른 여러 톤의 목소리가 하나의 질감을 가진 사운드로 공명하며 내뿜는 에너지에서 크나큰 위로와 감동을 받았다.

사람에게 각기 다른 지문이 있듯이 인도에서는 누구나 자신만의 만트라가 있다고 말한다. 이 만트라는 구루에 의해서 매우 신중하게 결정되고 한번 정해진 것은 특별한 경우를 제외하고 바꿀 수 없다고 하니, 자신의 만트라를 찾는 것은 여간 어려운 일이 아닐 것이다.

궁극의 소리, 만트라. 그것은 바깥으로부터 들려오는 소리에 귀를 기울이는 행위 그리고 결국 나 자신으로부터 터져나오는 소리에 진심으로 마음을 여는 것임을 비로소 알 수 있었다. 그렇게 만트라는 나를 위로하고 치료하는 힐링으로 오롯이 자리잡았다.

태초에
침묵이
있었다

세상에서 최고로 멋진 사람은 말을 잘하는 사람이 아니라 침묵할 때와 말할 때를 분별하는 사람이 아닐까 하고 나는 늘 생각해왔다. 나 역시 그러하지만 대개의 사람들은 각각의 때를 잘 알지 못하거나 그 둘을 노상 헷갈려한다. 그래서 늘 대화는 어그러지고 침묵은 그 가치를 훼손당하곤 한다.

아쉬람 생활에서 절대 빼놓을 수 없는 것 중 하나가 바로 침묵하는 법을 배우고 그것을 실천하는 것이다. 그도 그럴 것이 매일 갖는 세 번의 식사시간이 모두 침묵 상태에서 이루어지니, 침묵에 대해 생각하지 않으려야 않을 수 없다.

아쉬람 식사시간의 풍경은 여느 식당, 좀더 구체적으로 말하자면 작은 급식소의 풍경과 흡사하다. 매일의 식사시간, 줄을 서서 기다리고, 낡은 스테인리스 식판에 자신이 먹을 양만큼 스스로 밥을 덜고, 자리를 찾아 앉고, 묵묵히 밥을 먹고, 다시 그 그릇을 설거지하는 지극히 평범한 행위들. 그러나 세상의 그것과 다른 점이 있다면 그건 바로 모든 일련의 과정이 반드시 그리고 오로지 '침묵' 속에서만 이루어져야 한다는 것이다. 아쉬람에서 이 규칙은 매우 엄격하게 지켜진다.

일상 속에서 식사란 단순히 밥을 먹는 행위일 뿐만 아니라, 밥과 반찬, 눈빛과 대화, 삶과 에너지를 나누는 사회적인 활동, 그러니까 나눔 혹은 공유의 의미와 다르지 않다. 그런데 갑자기 한마디 말도 못하고 꾸역꾸역 혼자 밥을 먹고 있자니 어색한 것은 말할 것도 없고 쓸쓸하기가 우주에 홀로 버려진 스푸트니크Sputnik호의 개처럼 느껴졌다.

그러나 사실 무언가 입으로 들어갈 때, 그와 동시에 다른 무언가가 입에서 나온다는 것은 얼마나 이상한 일인가. 입이든 귀든 무언가 밖에서 안으로 들어갈 때는 온 힘을 다해 그것에 집중하는 것이 옳다. 그러므로 식사시간에는 입을 다물어야 하는 것이 제대로 된 테이블 매너가 아닐는지. 의학적으로도 식사시간에는 대화하는 것보다 그렇지 않을 때가 훨씬 더 소화에 도움이 된다고 하니, 몸과 마음을 위해 식사시간의 침묵은 한번 시도해볼 만하다.

'침묵을 지켜 내면의 평화를 만납시다.'
'식당 주변에서는 침묵하도록 합니다.'
'침묵은 충분히 가치 있습니다.'

아쉬람 곳곳에 붙어 있는 이런 작은 슬로건들을 보고 있자면 그동안 내가 얼마나 큰 소음 속에 무의식적으로 둘러싸인 채 살아왔는지 비로소 의식하게 된다. 온전한 침묵 속에서만 진정으로 생각할 시간을 얻게 된다는 아주 단순한 진리를 왜 예전에는 알지 못했을까.

그런가 하면 아쉬람 도서관에는 아예 묵언수행을 위한 목걸이도 있다. 목걸이에는 이렇게 적혀 있다.

'나는 지금 침묵중입니다.'

복잡한 생활 그리고 그보다 더 번잡한 자신의 마음을 저만치 떼어놓고 침묵 속에서 그것을 응시한다는 것은 실로 위대한 용기다. 요가를 배우기 위해 마음 단단히 먹고 인도까지 찾아 들어왔음에도 어쩔 수 없이 쉬이 외로워지는 게 사람인지라, 요기들은 수업 짬짬이 수다를 떨곤 했다. 모든 수다가 그렇듯 늘 같은 이

야기, 비슷한 패턴의 반복이지만 그 속에서도 무언가를 찾으려고 늘 마음이 분주했다.

우리 요기 중 누구도 그 목걸이를 걸고 있는 사람은 아직 만나 보지 못했다. 그런데 딱 한 사람, 그야말로 용자 중의 용자가 있었으니 그건 바로 자원봉사자 중 한 명인 시앙링이었다.

"묵언수행을 할 때 답답하지 않니?"

"난 침묵 속에 있을 때 가장 자유로움을 느껴. 아주 편안하지."

그녀는 자신의 신념대로 평소에도 자주 묵언수행을 하곤 했다. 우리보다 한 시즌 앞서 이곳에서 요가를 배운 그녀는 작은 몸집에도 불구하고 언제나 말과 행동에 강단이 있었다. 다른 자원봉사자들과 달리 링은 무언가 우리들과는 다르다는 느낌을 강하게 뿜어냈다. 그녀의 흔들림 없는 단단한 눈빛과 태도는 오랜 묵언수행을 통해 얻은 것이었다.

침묵은 내 안에 죽어 있었(다고 생각했)던 감각을 예리하게 뒤흔들어 깨운다. 말을 아낄수록 내 속에서 온갖 것들이 다 튀어나와 눈앞에서 춤을 추는 것만 같다. 꼭 뒤틀린 뼈를 우두둑 우두둑 교정하는 느낌이다. 그만큼 아프고 고통스럽다.

아주 어두운 밤하늘에서만 가장 반짝이는 별을 볼 수 있는 것처럼, 깊은 침묵 속에 있어야만 만날 수 있는 것이 있다. 그건 바로 고독이다. 어두컴컴하고 무시무시한 고독 속으로 용기를 내어 걸어 들어가다 보면 우리는 마침내 그것과 마주하게 된다.

그것은 마치 마라톤 주자가 레이스의 정점에서 조우하게 된다는 '러너스 하이Runner's High'처럼 형용할 수 없이 달콤하고 향기롭다. 그렇게 지독하게 달콤한 고독의 향기를 맡아보고, 끝을 알수 없는 고독의 밑바닥을 응시해본 사람만이 그 고독의 무게를 딛고 다시 올라올 수 있다. 그리고 다시 올라오면 어지간해서는 다시 예전의 카오스 속으로 들어가길 원치 않게 된다. 즉, 결코 함부로 지껄이거나 섣불리 판단하지 않게 되는 것이다. 아니, 적어도 그렇게 하지 않으려고 애쓰게 된다.

매일의 식사, 또 매일의 아사나와 명상 수업, 카르마 시간, 요가 니드라 그리고 각자의 아쉬람 라이프에서 우리는 조금씩 그렇게 침묵에 익숙해지는 법을 배우고 있었다. 침묵은 결코 '지루하다'는 말과 같은 뜻이 아니다. 오히려 그것을 뛰어넘는 적극적인 행동이다. 침묵이라는 망망대해 속에서 갈 길을 잃고 우왕좌왕하던 우리도 그렇게 크고 작은 침묵 속에서 조금씩 제자리를 찾아갔다. 그리고 우리의 눈빛은 아주 천천히 아쉬람의 가을빛처럼, 점점 더 진해지며 깊어지고 있었다.

나무를
닮은
사람들

도어스는 노래했다.

"People are strange when you're a stranger."

세상에서 가장 어려운 일은 사람의 마음을 얻는 것이고, 가장 쉬운 일은 어렵게 얻은 그 마음을 잃는 것이다. 어떻게 보면 우리 인생의 8할은 다른 사람의 마음을 얻기 위해 그토록 분주한 것인지도 모르겠다. 인생의 희로애락 그 어느 것 하나 사람 때문이 아닌 것이 없다.

나로 말할 것 같으면 쉽게 사람을 사귀는 타입이 아니라 아무에게나 마음을 내주지 않지만, 한 번 주면 다 주기 때문에 쉽게 상처받곤 한다. 그래서 늘 조심하려고 한다. 마음을 주고받는다는 것은 어떤 것보다 깨지기 쉬우니까.

아쉬람에서 만난 마흔네 명의 요기. 마흔 명이 넘는 '스트레인저'들 앞에서 문득 가슴이 벅차올랐다. 나와 다른, 동시에 나와 많이 닮아 있는 마흔네 개의 심장. 쿵쾅거린다. 도대체 이 사람들은 무엇을 찾아 여기까지 온 걸까. 나와 같은 것을 찾아 떠나온 걸까. 아니면 또다른 무엇일까. 같은 것이라면 공감하고 싶고, 다른 것이라면 그것이 무엇인지 자못 궁금하다.

아쉬람에 머무는 동안 우리는 똑같은 '스트레인저'로서의 무게를 지니고 함께 살아가게 되었다. 자신이 떠나온 곳의 삶의 무게는 잠시 내려놓고 말이다. 그동안 어디에서 살았든, 통장 잔고가 얼마 남았든, 어떤 삶을 살았든 그런 것은 중요하지 않다. 우리는 그저 요가를 배우고 요가적인 삶을 갈망하는 한 사람의 요기일 뿐이니까. 중요한 것은 여기 그리고 지금 이 순간, 우리가 함께 있다는 사실이다.

그들의 면면을 살펴보니 나도 모르게 후후 하고 웃음이 나왔다. 내 룸메이트들처럼 대부분은 내 또래의 젊은 사람들이었지만 개중에는 고등학생도 있고, 환갑이 내일모레인 할아버지 할머니도 있었다. 나이와 성별과 국적을 떠나 우리에게는 한 가지 공통점이 있었으니 그것은 바로 남들보다 아주 조금은 겁이 없거나 무모하다는 것이었다. 자신에게 익숙한 곳을 잠시 박차고 이렇게 떠나올 수 있는 아주 작은 호기심 혹은 용기를 가졌다는 것. 그것만으로도 나는 이미 낯선 마흔네 명의 사람들에게 친근함과 동지의식을 느꼈다. 그래, 적어도 우리들에게는 어떤 간절함 같은 것이 있었다.

내가 머물렀던 곳은 아쉬람 치고는 꽤 작은 편이었기 때문에 원래 매 시즌마다 서른 명밖에 수용하지 못했다고 한다. 그런데 이번 시즌에는 유난히 신청자가 많아 부득불 무려 열다섯 명이나 초과된 마흔다섯 명을 받게 된 것이다. 전 세계 어디에나 용기 있는 사람은 이렇게나 많다는 증거가 아니고 무엇이겠는가.

첫인사. 사람을 사귐에 있어 가장 결정적인 순간은 바로 처음 인사를 건네는 순간이다. 내게 있어 첫인사는 첫인상보다 훨씬 더 중요하고 가치 있다. 서로에게 낯선 두 사람이 처음 대면하게 되는 그 순간의 공기, 맞잡은 손의 감촉, 눈빛의 감도 그리고 심장의 쫄밋거리는 정도에 따라 관계의 그래프가 어느 쪽으로 뻗어나 갈지 단번에 결정된다.

"어라, 저건 아마릴리스 아냐? 나 아마릴리스 좋아하는데."

"아니, 그건 글라디올러스야. 비슷하게 보이지만 전혀 다른 꽃이지. 이곳엔 정말 아름다운 꽃이 많아."

"아하, 글라디올러스였군. 그나저나 난 현희라고 해."

"내 이름은 섹코. 발음할 땐 조심해줘. 하하!"

이것이 섹코, 그 친구와의 첫인사였다.

섹코는 원래 고향이 아프리카의 어느 섬이었는데, 어릴 때 뉴욕으로 건너갔다고 했다. 무려 일곱 살 때부터 아버지에게서 처음 요가를 배우기 시작한 그는 이십대 후반이 된 지금까지 꾸준히 요가를 그리고 요가적인 삶을 실천하며 살고 있었다.

185센티미터가 훌쩍 넘는 키에 표범처럼 날렵하고 단단한 근육을 가진 터라 얼핏 보면 미식축구 선수처럼 보였지만, 사실 섹코는 마음 깊이 요가를 동경하고, 아쉬람 내에 있는 꽃과 나무 이름을 모두 알 만큼 섬세하고 감성이 풍부한 청년이었다. 이름뿐만 아니라 그 효능까지 낱낱이 꿰고 있는 데는 정말이지 탄복하지 않을 수 없었다. 덴젤 워싱턴에게 남동생이 있다면 꼭 이렇게 생겼을 것 같은 그에게는 특별한 버릇이 있었는데, 말끝마다 'You know, huh?'를 붙이는 것이었다.

"잠깐, 잠깐! 그 꽃은 만지지 않는 게 좋아. 그래 보여도 꽤 독성이 강한 녀석이거든, 유 노우?"

그는 내가 신기하게 생긴 꽃을 가만히 응시하고 있을 때 사람 좋은 웃음을 지으면서 이렇게 말하고는 스윽 사라지곤 했다.

지금은 돈이 없는 가난한 아이들의 수학교사로 일하고 있지만 언젠가 꼭 자기 사업을 해보고 싶다는 것이 섹코의 꿈이었다. 물론 언제까지나 요가를 배우고 가르치는 삶을 살 거라는 말도 잊지 않았다.

한 사람, 또 한 사람. 아쉬람에서의 시간이 깊어갈수록 나는 점점 더 많은 요기 친구들과 요가 그리고 삶에 대한 흥미롭고 진지한 대화들을 많이 나누었다. 내가 가장 좋아한 시간은 하루 일과가 끝난 뒤 매일 저녁 자유롭게 이루어지는 토론시간이었다. 낮에 요가를 배웠던 파탄잘리 홀에 모여 바닥에 둥그렇게 앉거나 눕거나 벽에 기대어 선 채로 요기들은 그날 배운 요가 동작들, 요가에 대해 궁금한 것들 그리고 삶에 대한 풀리지 않는 신비로움 같은 것들을 마구 쏟아내고 함께 나누었다. 그렇게 시간 가는 줄 모르며 해가 저물고 늦은 밤이 될 때까지 요기들은 자리를 떠날 생각이 없는 듯했다. 시종 진지한 눈빛으로 질문과 대답이 오가는 격렬한 토론의 현장 속에서, 요기들을 둘러싼 삶에 대한 끊임없는 호기심과 열정을 발견할 수 있었다.

간다하르 선생은 어쩌다 한 번씩 나타나서 특유의 아우라를 내뿜으며 우리의 토론에 귀 기울이다가 주제에 대해 아주 명쾌한 답을 해주거나, 반대로 우리에게 알 듯 모를 듯한 질문들을 던져주곤 휑하니 사라졌다.

선생은 이야기꾼 중의 이야기꾼, 그야말로 '걸어다니는 인도 우화 책'이었다. 머릿속에 기억하고 있는 것만 해도 어림잡아 수백 가지가 넘는다고 했다. 과장이 아니었다. 입만 열면 인도의 수많은 이야기들과 우화들이 그의 입에서 쏟아져 나왔으니까. 그가 이야기를 꺼낼 때마다 기록을 담당한 자원봉사자는 녹취를 하고 그걸 다시 옮겨 적었다. 나중에 책으로 펴낼 거라면서. 그렇게 탁월한 기억력을 가지고 있는 그가 가끔씩 들려주는 인도 우화들은 말 그대로 주옥같아서 쉽게 잊히지 않는 여운을 남기곤 했다.

재미있는 건 이야기 속의 주인공. 사람일 경우에는 주로 수도자들이고 동물일 경우에는 주로 원숭이 또는 코끼리, 그도 아니면 뱀이 대부분이다. 아마도 우리나라 전래동화 속에 주로 호랑이나 곰, 까치가 나오는 것과 같은 맥락이 아닐까. 한번은 선생이 우리 속에 갇힌 원숭이에 대한 이야기를 들려주었는데, 그 내용이 너무나 강렬해서 결코 잊히지 않는다. 세상의 선입견에 부딪히거나 내가 스스로 편견을 가지고 있다는 깨달음이 생길 때 그리고 인간관계 속에서 어려움을 겪을 때마다 되새기곤 하는 우화다.

우리 속의 한 원숭이에 대한 실험

원숭이 한 마리를 우리 속에 두고 바나나를 천장에 매달아두었다. 그리고 그 천장에 닿을 수 있도록 사다리를 설치했다. 바나나가 먹고 싶은 원숭이는 사다리에 올라간다. 그러나 바나나를 잡으려는 찰나 원숭이는 차디찬 물벼락 세례를 받는다. 다음날도 그 다음날도, 원숭이는 천장에 달린 바나나를 따 먹으러 사다리를 오르지만 어김없이 물벼락을 맞는다. 호된 물벼락을 맞은 원숭이는 다시는 사다리를 오르지 않는다.

그리고 다른 원숭이 한 마리가 우리 안에 들어온다. 아무것도 모르는 새로 온 원숭이는 천장에 달린 바나나를 보고 이내 신이 나 사다리에 오른다. 그러나 물벼락 세례를 맞은 경험이 있는 첫번째 원숭이는 또 다시 물벼락을 맞을까 두려워 새로 온 원숭이를 사다리 아래로 끌어내린다. 영문을 모르는 원숭이는 발버둥을 치지만 몇 번의 시도 끝에 결국 천장에 달린 바나나에 대한 반감을 품고 바나나를 포기하게 된다.

다음날, 세번째 원숭이가 우리 안에 들어온다. 원숭이는 사다리를 절반도 오르기 전에 두 원숭이에게 제지를 당하고 흠씬 두들겨 맞는다. 몇 차례 시도를 하다 결국 포기하게 되는 세번째 원숭이. 세 마리 원숭이도 화가 난 채 바나나를 포기한다.

얼마 뒤 원래 물벼락 세례를 받았던 첫번째 원숭이는 우리에서 나가게 된다. 그리고 새로운 원숭이가 들어온다. 이 새로 온 원숭이 역시 두번째와 세번째 원숭이에 의해 제지당한다. 결국 남아 있는 세 마리의 원숭이는 물벼락 경험이 없지만, 사다리를 오르면 안 된다는 '편견' 때문에 바나나를 포기하게 된다.

아주 짧은 우화였지만, 이 이야기는 망치로 머리를 한 대 맞은 것 같은 충격을 주었다. 앞으로 우리 속에 들어오는 수많은 다른 원숭이들은 결코 먹음직스러운 바나나를 쳐다보지도, 맛보지도 못하게 될 것이다.

원숭이가 우리들이고, 바나나가 우리가 찾고 있던 그 무엇이라면 이것은 대체 어떤 이야기가 될 것인가. 인간관계가 우리에게 미치는 정도 그리고 그것의 허상에 대한 실로 무시무시한 비유가 아닐 수 없다. 끊임없이 타인에게 영향을 받고 또 영향을 주는 사회적인 존재로서 우리가 어떤 자세로 살아가야 하는지, 또 얼마나 끊임없이 자신을 경계해야 하는지를 적나라하게 드러낸 이야기.

유난히 묵직했던 그날의 토론시간이 끝났다. 인도 우화는 너무 심오하다며 고래를 절레절레 흔들고 스테판이 일어서자 옆에 있던 알란과 일로가 가세해서 원숭이 우화에 대한 생각들을 또 쏟아놓는다.

"아아, 이대로 들어가서 자기엔 아쉬워. 우리끼리 좀더 얘기해보자고."

"그래, 좋아. 난 방에서 먹을 걸 좀 가지고 올게."

"아, 그럼 난 기타를 가져오겠어."

"기타는 왜?"

"이런 밤의 모임에 기타가 빠질 수가 있나, 하하!"

고민은 끝이 없지만, 우리는 아직 젊고 밤은 여전히 길다. 그 긴 긴 밤의 한가운데서 나는 간간이 들려오는 기타 소리와 함께 밤의 공기를 가르고 자라나는 크고 푸른 나무 한 그루를 보았다. 그리고 또 분명히 들었다. 글라디올러스 꽃나무만큼이나 싱그러운 사람들끼리 서로 잎사귀를 부딪치며 내는 소리를. 어쩐지 그 밤에는 쉬이 잠들 수 있을 것 같지 않았다.

아쉬람의
시간에는
시계가 없다

슬로우, 슬로우, 퀵, 퀵.

춤을 출 때 슬로우와 퀵이 있는 것처럼 우리의 인생에도 그러한 때가 있다. 너무 퀵퀵만 하다 결국 꾀죄죄해져버린 삶을 살아온 나에게 아쉬람의 시간은 슬로우 라이프가 무엇인지 알려주었다.

하루 해가 뉘엿해질 무렵, 스스로에게 "이야, 오늘은 정말 근사한 날이었어!"라고 말하고 두 발을 쭉 뻗고 잘 수 있다면 그것이야말로 행복한 삶이 아닐까. 하지만 안타깝게도 우리 인생에서 그런 날이란 겨우 손에 꼽을 정도밖에 되지 않는다. 그러나 감히 말하자면 아쉬람에서의 나날들은 매 순간이 충만한, 그야말로 근사하기 그지없는 시간이었다.

심플 라이프.

정의하자면 '단순하고 부지런한 생활'. 지극히 단순하되 결코 게으르지 않은 삶. 언뜻 보기에 평화로워 보이지만 건강한 긴장감이 늘 감도는 생활. '건강한 긴장감'이란 긴장 하면 으레 떠오르는 스트레스와는 거리가 멀다.

총 4주에 걸친 아쉬람의 커리큘럼은 이렇다. 먼저 첫 주에는 아쉬람에 적응하면서 요가 개론과 초급 아사나를 배운다. 정신없이 한 주를 보내고 2주차에 접어들면 해부학이라든가 세부적인 요가 이론을 배우고 중급 아사나를 익히게 된다. 3주차부터는 조를 나눠 2주간 배운 것들을 직접 실습하고, 마지막 주에는 이 모든 것들을 합쳐 한 시간 동안 자신만의 요가 클래스를 이끌게 되는데 그것이 바로 마지막 시험에 해당한다. '아아, 어째서 이런 곳에 와서까지 시험을 치지 않으면 안 되는 거야!' 하는 절망감이 잠시 찾아왔지만 그래도 피할 수 없다면 즐겨야 하는 법. 어디서도 본 적 없는 빡빡한 일과였지만 마음은 오히려 가벼웠다. 휴대폰은 끄고 시계는 벗어놓았다. 호기심과 기대와 걱정과 흥분과 그 모든 것을 섞은 기분이 와락 쏟아졌다.

일과

05:00 기상

05:10~05:30 아침 티타임

05:45~06:00	만트라 챈팅
06:00~08:00	요가 연습(아사나 & 프라나야마)
08:00~09:00	카르마 요가
09:00~10:00	아침식사
10:00~11:00	요가 니드라 혹은 요가 이론 1
11:00~12:00	요가 이론 2
12:00~13:00	점심식사
13:00~15:00	자유시간(셀프 스터디)
15:00~16:00	요가 이론 3
16:30~18:00	요가 연습(아사나 & 프라나야마)
18:00~19:00	자유시간 혹은 토론
19:00~20:00	저녁 식사
20:00~21:00	산스크리트어 트레이닝 / 요가 챈팅 [바잔Bhajans] / 그룹 토론 / Q&A
22:00	취침

새벽 다섯시. 뎅, 뎅, 뎅- 새로운 아침을 알리는 종이 울린다. 부지런한 몇몇 요기들은 이미 일어나 세수를 하고 산책을 하거나 파탄잘리 홀에서 고요히 홀로 명상을 하고 있다. 주방에는 요가 전에 몸을 가볍게 데울 수 있도록 허브티와 밀크티가 준비되어 있다.

새벽에 나는 가장 농밀한 인간이 된다. 동이 트기 전, 몸과 마음은 아직 희석되지 않았다. 그러나 결코 탁하지는 않다. 몸은 차라리 액체에 가깝게 느껴진다. 내 안에 찰랑거리는 몇 방울의 순수한 정수를 마음껏 음미하는 시간. 이전까지 지내온 새벽들도 분명 같은 이름이었는데, 어떻게 이곳에서의 새벽은 이렇게 완전히 다른 질감의 것인지 알 길이 없다. 이것은 분명 다른 새벽.

아침 만트라. "옴-"하는 울림으로 하루를 깨운다. 아침 챈팅은 잠에서 미처 깨어나지 못한 몸과 마음을 부드럽게 튜닝하는 효과가 있다. 그리고 이윽고 이어지는 아사나 수업. 그렇게 하루 일과가 고요하게 시작된다. 부드럽게 몸을 푼 후에는 하루에 네 개 혹은 다섯 개 정도의 새로운 아사나를 성실하게 배우고, 아사나 수업이 끝난 뒤에는 각자 다른 카르마 요가를 한다.

두 시간의 요가 수업과 한 시간의 카르마 요가를 마치고 나면 자연스레 배가 고파진다. 사실 무척, 굉장히 고프다. 저마다 그날 맡은 카르마 요가에 따라 끝나는 시간도 다르기 때문에 일을 빨리 마친 사람들은 슬그머니 식당 앞으로 와서 아침을 기다린다. 주방과 부엌일을 맡은 요기들의 손놀림이 더욱 바빠지는 이유다. 아침 준비가 끝나면 키친 레이디 한 명이 나와 종을 울린다. 그 어느 때보다 반가운 종소리. 줄을 서서 탈리Thali라 불리는 스테인리스 쟁반에 자신이 먹을 만큼의 음식을 덜어 자리를 잡고 앉는다.

아침식사를 하고 있으면, 케이트가 매일 알림판에 세 가지를 정갈한 글씨로 적는다. 오늘의 주요 일정과 오늘의 식단 그리고

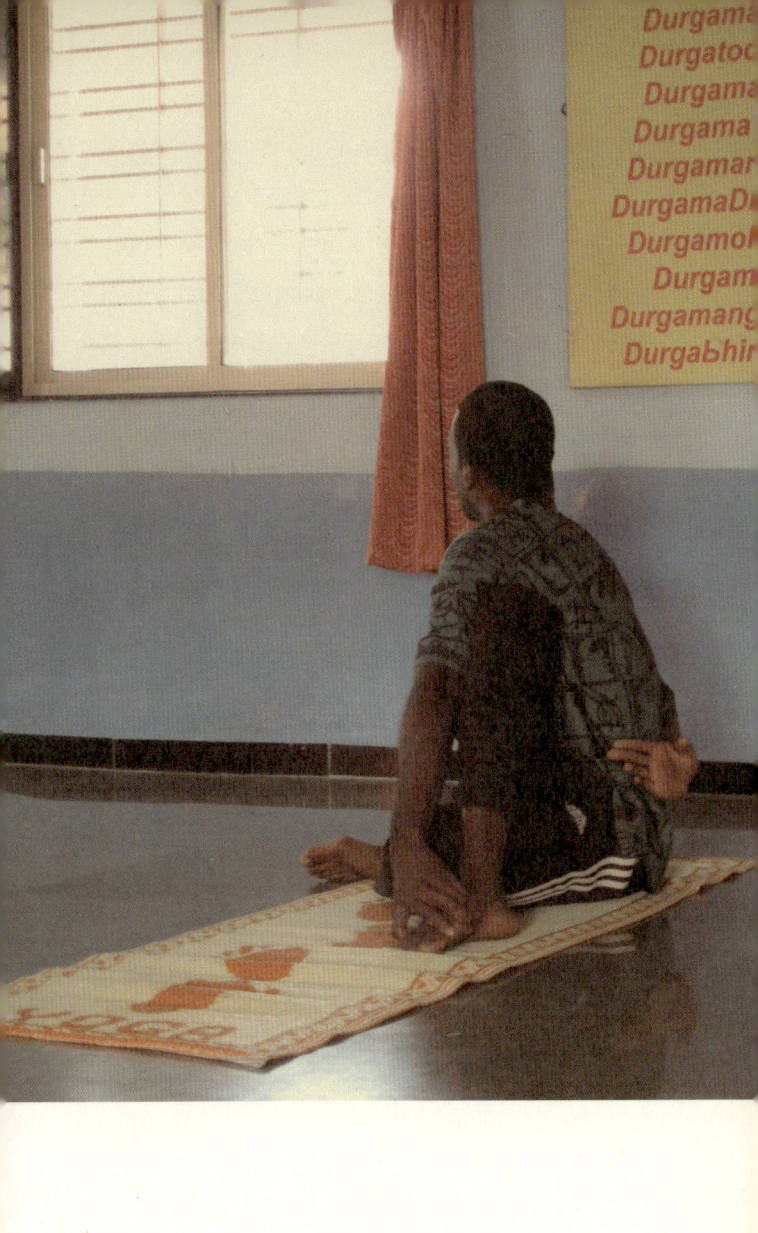

오늘의 요가 아포리즘이다. 입으로 아침을 먹으며 눈으로는 오늘의 아포리즘을 명상한다. 이 단정한 명제들은 오늘날 요가를 있게 한 위대한 구루들의 가르침이다. 알에서 깨어난 새가 제일 먼저 본 것을 어미로 생각하는 것처럼, 아침에 눈을 떠서 가장 먼저 읽게 되는 문장의 위력이란 실로 놀라운 것이다. 생각하는 것과 말을 하는 것보다 강력한 것이 문자의 힘이라고 나는 언제나 생각해왔다. 문장이란 대개 이런 것이다.

'이 세계는 최고의 훈련 장소다. 세계가 곧 당신의 스승이다(The world is your best training ground. The world is your teacher).'

'빛이란 밖에서 오는 것이 아니다. 성실히 살고 스스로를 깨끗하게 하라. 그때 빛은 당신 내부로부터 솟아나올 것이다.(You do not have to bring the light from outside. Work hard and purify yourself, the light will unfold from within).'

아침을 먹고 나면 30분간 휴식. 못 다 잔 잠을 잠깐 자기도 하고 책을 읽거나 수업을 준비하면서 시간을 보낸다. 이 시간에는 아쉬람의 치료시간이기도 하다. 감기나 가벼운 두통이 있거나 몸이 불편한 사람은 오피스에서 간단한 진찰을 받는다.

열시부터는 다시 수업이 시작된다. 일주일에 세 번 이상 갖는, 모두가 사랑하는 요가 니드라 수업이다. 명상의 일종이지만 대부분 깊은 잠에 빠져드는 재미있는 시간이다. 열한시부터 점심 전까지는 대개 어려운 이론 수업이 있다.

점심시간.

삶이 단순해질수록 생활은 식사시간을 중심으로 재구성된다는 것이 흥미롭다. 먹는 것이란 이토록 중요한 것이다. 점심은 꽤 풍성한 편으로, 설탕을 넣지 않았지만 달콤한 음식도 제법 있다.

점심시간부터 세시까지 이어지는 자유시간은 내가 제일 좋아하는 시간이기도 하다. 아침에 배운 새로운 아사나를 연습해보거나 도서관에 가서 책을 읽기도 한다. 좀더 부지런한 이들은 운동화 끈을 질끈 동여매고 아쉬람 밖으로 나가서 산책이나 달리기를 한다. 낮 기온이 많이 올라간 날에는 아예 근처 호수로 가서 수영을 하고 오기도 한다.

오후.

오후에는 다시 한 차례의 이론 수업이 있다. 가장 졸린 시간이다. 점심시간 이후 오후 수업이란 대개 못 견디게 졸리고 나른하게 마련이다. 아무리 심오한 요가 철학 수업도 이 시간에 걸리면 영락없다.

그렇게 한 차례 꾸벅 졸고 나면 어느새 오후 아사나 시간이다. 아사나 수업이 끝날 때쯤이면 늦은 오후의 햇살이 창가 커튼을 비집고 가늘게 쏟아져 들어온다. 햇살이 요기들의 노곤한 땀냄새를 둥글게 감싸면, 순간 달큰한 기운이 파탄잘리 홀에 가득 차오른다.

요가 수업이 끝나고 나면 저녁시간까지 잠깐의 휴식. 나는 주로 이때 명상실을 찾거나 뒷산에 오르곤 했다. 그러나 마이크로 레슨과 시험 일정 때문에 바쁜 3주차에 접어들면서부터는 정신을 차리고 보면 언제나 이미 해가 져버리곤 했다.

저녁.

저녁식사 전후로는 토론시간이 있다. 일과가 끝나고 하루의 소회와 요가에 대한 궁금증, 아쉬람에 대한 의견 등을 나누는 시간이었다. 토론시간은 필수 과정이 아니어서 기분과 컨디션에 따라 자유롭게 참가할 수 있다.

대개 이와 같은 일정이 반복된다. 평온하고 한가해 보이지만 빡빡한 이론 수업과 아사나 수업 그리고 매주 어김없이 찾아오는 시험 준비로 정신이 없었다. 그럼에도 모든 프로그램과 식사시간을 정확히 지킨다는 것이 아쉬람의 수칙이자, 이곳 생활의 가장 기본적인 행동양식이다.

　가장 적은 것이 가장 많은 것이라고 했던가. 과잉의 시대에 사는 우리에게는 끊임없이 버리고 지독하게 단순해지는 훈련이 필요하다. 그런 훈련을 통해서라야만 조금이라도 삶의 본질에 다가갈 수 있기 때문이다. 나는 아쉬람에서 시계 없이도 어느 때보다 정확하게, 어느 곳보다 단단히 발을 디디고 선 삶을 살아낼 수 있었다. 그리고 그 단순한 삶의 일과를 통해 나는 조금씩 여물어 갔다.

누구에게나
스승은
있다

좋은 인생을 결정짓는 요소들은 의외로 단순하다. 유한한 시간 속에서 우리가 할 수 있는 것들이란 정해져 있게 마련이므로. 무슨 일을 하든, 어디를 가든, 우리네 인생이란 결국 '어떤 사람'을 만나 얼마나 깊은 사귐을 이어가느냐에 달려 있다.

인생은 짧다. 기차와 예술이 길다는 것만큼이나 확실한 것은 인생이 너무나 짧다는 것이다. 짧은 인생에서 단 세 사람만이라도 제대로 사귈 수 있다면 우리는 '좋은 인생'을 살았다고 말할 수 있지 않을까. 한 명의 친구, 한 명의 연인 그리고 한 명의 스승.

인도인들의 영원한 구루로 추앙받고 있는 간디는 이렇게 말했다. "구루는 만날 준비가 되어 있는 사람에게만 찾아온다."

구루Guru는 '무겁다'는 뜻의 산스크리트어로 스승, 아는 자, 깨달은 자, 영적 지도자, 가르치는 사람이라는 단어다. 요즘 말로 하면 정신적인 멘토쯤 될 것이다.

살면서 몇 명의 구루를 만나게 될까. 정작 자신은 깨닫지 못하지만 이미 만났을 수도 있고, 아직 만나지 못했다면 앞날을 기대해볼 수 있을 거다. 누구나 자신이 살아온 시간만큼 무수한 사람들을 만나지만, 그들 중 자신에게 절대적인 영향력을 미치며 '구루'라 불릴 사람을 찾는 일은 결코 쉽지 않다. 누구나『모리와 함께 한 화요일』의 미치 앨봄처럼 운좋게 매주 화요일마다 자신의 구루를 찾아가 만날 수 있는 건 아니니까. 그렇다면 간디의 말처럼 부지런히 준비해서 좋은 구루를 찾기 위해 떠나야 하는 건 아닐까. 내가 아쉬람으로 향한 것 역시 내 인생의 구루를 찾기 위한 하나의 여정이지 않았을까.

아쉬람에서 나는 구루를 만났던가. 좀더 시간이 지난 뒤에야 알 수 있겠지만 어쨌든 많은 이들을 그곳에서 만났다. 아쉬람의 스승들은 두 팔 벌려 우리를 환영해주었다. 알고 보니 이들은 공교롭게도 모두 한 가족.

아쉬람의 설립자인 아버지 구루지를 수장으로 어머니 푸르니마 여사는 음식을 비롯한 안살림을 도맡고 있고, 아들 간다하르 선생은 아쉬람의 수업 전반과 주요 교육을 총괄한다. 크고 작은 행정을 비롯한 운영을 맡고 있는 이는 호주에서 온 케이트(나중에 그녀는 간다하르와 결혼했다)였다. 한마디로 '천하무적 요가

패밀리'. 그들이 서로 의지해가며 이 작은 아쉬람을 성실하게 꾸려나가는 것을 보고 있자니 문득 이런 생각이 들었다. 인생의 첫번째 구루는 다른 누구도 아닌 부모다.

나중에 요기들과 가진 인터뷰에서 나는, '당신 인생의 구루는 누구인가?'를 물었다. 그중 유일하게 아버지를 자신의 구루로 생각한다고 말한 사람은 덴젤 워싱턴을 닮은 섹코였다. 그에 따르면 섹코에게 있어 아버지는 어린 시절부터 자신에게 요가를 가르친 인물이자 자신의 인생에 가장 큰 영향을 준 구루였다. 타인이 아닌 자기 아버지에게서 요가를 직접 배우고 또 그를 평생의 구루로 여긴다는 게 신기했지만 한편으로는 몹시 부럽기도 했다(흐음, 나도 나중에 내 아이에게 요가를 가르칠 테다!).

섹코가 말한 것처럼 언젠가 부모가 자신의 첫번째 구루였다는 것을 알게 될 즈음에 우리는 또다른 구루를 만나게 된다. 운이 좋다면 십대에 학교에서(요즘에는 그럴 가능성이 점점 희박해지고 있는 것 같지만), 아니면 이십대의 어느 모퉁이에서, 그도 아니면 아주 나중이라도 믿고 따를 만한 '스승'을 만나게 될 것이다. 사랑하는 사람을 만났을 때 그러하듯 구루를 만났을 때 역시 한눈에 알아볼 수 있을 거라고 나는 생각한다. 물론 간디의 말처럼 '구루를 만날 준비'가 되어 있다면 말이다.

한때는 좋은 스승이란 뛰어난 학식, 범접할 수 없는 카리스마 그리고 고매한 인격을 갖춘 사람이라고 여겼다. 스승은 한없이 높고 제자는 낮아서 가르침은 위에서 아래로만 흐르는 것이라고 말이다. 하지만 지나보면 깨달을 수 있듯, 그런 스승은 세상에 없다. 세상의 모든 관계는 서로 주고받는 데서 출발하는 것이니 말이다.

공자가 한 말 중에 '세 사람이 갈 때는 반드시 그중에 나의 스승이 있다'라는 것이 있다. 부모나 가족을 제외한 누군가 나를 인정하고 지지하며 이끌어준다는 건 사람이 살아가면서 누릴 수 있는 대단히 높은 차원의 행복이다. 친구든 연인이든 혹은 또다른 이름의 그 누구든, 그 사람과 내가 관계를 맺고 살아가는 이유는 바로 그 행복을 늘 느끼고 싶어서가 아닐까.

학교에서만 선생님을 만날 수 있다는 생각은 버리자. 나는 학교를 졸업하고 나서 오히려 더 많은(그리고 더 지적이고 더 멋있는) 선생들을 만났다. '선생'이라는 직업을 가진 이가 아닌, 자신의 자리에서 묵묵히 일하면서 다른 이들에게 좋은 영향을 끼치는 선생 이상의 진정한 선생들. 물론 쉽게 만날 수는 없지만, 마침내 그런 존재를 만날 때의 기쁨은 정말이지 가늠하기 힘들다.

그렇게 자신만의 구루를 만나고 그에게서 훈련을 받아 단단해진 뒤 또다른 누군가의 구루가 되어주는 것, 그것 또한 인생이리라.

명상은
힘이 세다

누구든지 명상을 하려 들면 자신이라는 거대한 벽과 마주하게
된다. 가부좌를 하고 앉는다. 눈을 감는다. 숨을 고른다. 명상을
시작한다. 깊은 명상 속에서 진짜 자신과 만나⋯⋯면 좋겠지만,
명상은 낙타가 바늘구멍을 들어가는 것만큼이나 막막하고 어렵
게 느껴진다. 이유는 단순하다. 쓰나미처럼 밀려드는 생각, 생각,
생각들 때문이다. 생각과 감정과 기억과 상념 사이에서 마구 흔
들리는 중에 명상은 표류하고 만다.

가장 유명한 고대 인도 철학서인 『우파니샤드Upanisad』에서는
이렇게 말했다. '만물의 창조주는 인간의 구멍을 바깥쪽으로만
뚫어놓았다. 그렇기 때문에 인간은 오로지 바깥쪽만을 보려 할
뿐 안쪽은 보려 하지 않는다. 그러나 오직 현명한 사람만이 눈을
안쪽으로 돌려 진정한 자신을 볼 수 있다.'

눈을 안쪽으로 돌려 자신을 본다는 것. 과연 명상에 대한 가장 탁월한 정의가 아닐 수 없다.

요가의 궁극적인 목적은 '연꽃 자세'로 불리는 '파드마아사나 Padmasana'로 앉아 오랫동안 편안한 호흡을 유지하며 깊은 명상에 잠기는 것이다. 모든 아사나와 프라나야마는 바로 이 자세를 위해 연마된다. 사실 대부분의 요기들이 가장 어려워하는 것은 아사나도 프라나야마도 아닌 명상을 하는 법이다. 아사나는 일종의 테크닉 같은 것이어서 계속 연습하다보면 조금씩 나아지는 것을 느낄 수 있다. 프라나야마도 마찬가지다. 그러나 명상은 누군가를 따라 하거나 책을 보고 배울 수 없는 성질의 것이다.

명상의 기본은 '생각을 끊어내는 것'이라고 한다. 하지만 아무리 노력해도 몰려드는 생각을 끊어낼 수 없다면 이렇게 해볼 수 있다(이건 순전히 내 머릿속에서 일어나는 상상이다).

나는 지금 호수에 있다. 호수 앞에는 유니폼을 차려입은 나의 생각들이 한 줄로 가지런히 서서 누군가를 기다리고 있다. 생각들이 기다린 것은 피리 부는 소년. 소년이 피리를 꺼내어 불면 생각들은 하나씩 하나씩 호수 속으로 다이빙을 하기 시작한다. 그렇게 생각들과 작별한 뒤 나는 피리 부는 소년의 손을 잡고 조용히 돌아간다.

이 이야기는 지긋지긋한 생각들을 떨쳐버리기 위해 내가 대충

지어낸 것이지만, 그런대로 생각을 끊어내는 데는 꽤 도움이 되었다. 유난히 생각이 많아지는 날이면 나는 피리 부는 소년과 함께 호수로 갔다.

그러나 현실에는 호수도 피리 부는 소년도 없기 때문에 그저 혼자 명상실을 찾는 수밖에 없었다. 아쉬람에는 제일 구석진 곳, 스태프들의 숙소를 한참 지나야 나오는 아주 작은 명상실이 하나 있다. 평상시에는 일과에 쫓겨 찾을 기회가 없지만 가끔씩 여유가 생기거나 휴일 오후가 되면 아무런 구애도 받지 않고 그곳에 갈 수 있었다. 마치 고해성사를 기다리는 신도처럼 조심스럽고 경건한 마음으로 명상실에 들어서면 논밭을 향해 나 있는 창밖으로 평화로운 마을의 정경이 한눈에 들어왔다.

명상실에는 아무도 없었다. 나는 길게 숨을 내쉬고 요가 매트를 바닥에 내려놓았다. 정좌를 하고 앉아 손을 가볍게 비빈 후 몸을 쓸었다. 방바닥을 부지런히 맴도는 개미떼들이 눈에 들어왔다. 그러나 결국 명상은커녕 아무것도 하지 못하다가 나오고 말았다. 명상은 명상실을 찾아간다고 저절로 되는 게 아니었기 때문이다. 그 대신 나는 매일매일의 아쉬람 생활 속에서 느끼고 생각하고 기도하는 편을 택했다. 그게 훨씬 나다운 명상법이었다.

그리고 마침내 명상에 적절한 시간과 장소를 찾아냈으니, 바로 아침마다 있었던 카르마 요가에서였다. 매일 다른 장소에서, 매일 바뀌는 요기들과, 매일 다양한 카르마를 행하면서 나는 오히려 깊이 있는 명상에 몰입할 수 있었다.

마당을 쓸고, 정원의 잡초를 뽑고, 걸레질을 하는 동시에 내 마음을 쓸고 닦고 씻으면서 함께 차분해지는 것을 느낄 수 있었다. 명상은 머릿속에서만 이뤄지는 것이 아니라 삶 속에서 하나씩 이뤄질 때에만 진정한 힘을 드러낸다는 것임을 깨달았기 때문이다. 매일의 생활이 나를 조금씩 키워갔듯이 명상은 나의 영혼을 강하게 만들어주었다. 그렇게 매일의 명상을 통해서 나는 조금씩 알게 되었다. 삶의 무게를 고스란히 안은 채 자신이 원하는 속도와 밀도로 살아가는 법을.

알란 아페스테구이Alan Apestegui

아르헨티나 부에노스아이레스
28세
항공 승무원

❖ **요가를 하게 된 계기는 무엇이고 요가를 시작한 지는 얼마나 되었나?**

요가는 처음부터 나를 사로잡았다. 근데 그게 뭔지는 아직도 모르겠다. 시작한 지는 3년 정도 되는 것 같다.

❖ **요가를 해서 좋은 점이 있다면?**

훨씬 더 행복해졌고 삶의 목표가 생겼다. 요가를 하기 전보다 삶의 모든 면에서 더 나아졌다.

❖ **굳이 인도의 아쉬람까지 온 이유는 무엇인가?**

좋은 경험이 되리라 생각했고, 아르헨티나로 돌아가면 이력에도 도움이 될 것이라 판단했다. 인도는 요가가 시작된 곳이다. 그러니 요가를 배우기에는 최적의 장소가 아닐까.

❖ **아쉬람에서 무엇을 배웠나?**

정말 많은 것을 배웠다. 나 자신, 다른 나라에서 온 다른 사람들, 요가, 나눔 그리고 제대로 된 음식을 먹는 법까지도.

❖ **아쉬람 생활에서 좋았던 점과 나빴던 점은 무엇인가?**

아쉬람에 있는 것 자체가 좋았다. 휴일 때 마을에 가서 인도 전통 음식을 먹었던 것도 기억에 남는다. 뭐랄까, 몸과 마음이 정화되는 기분이었다. 나빴던 점은 영어 때문에 사람들과 의사소통하는 게 힘들었다는 것.

❖ **당신에게는 구루가 있나?**

나의 구루는 사랑이다. 그리고 명상, 이해, 인내, 믿음, 수용이다.

❖ **인도의 매력은 무엇이라 생각하는가?**

영적인 면. 음식, 색, 패브릭, 문화, 친절함 그리고 요가!

✢ 인생에서 당신의 가장 큰 적은 무엇인가?

무시하는 것.

✢ 당신의 삶에서 가장 중요한 것 세 가지는?

사랑, 명상, 감사.

✢ 건강한 삶을 위한 당신의 조언은?

요가, 채식, 긍정적인 생각, 다른 이들을 돕는 것.

✢ 스트레스 완화를 위한 당신의 조언은?

프라나야마, 긍정적인 마인드, 악기 연주, 삶을 즐길 것.

✢ 당신의 첫 요가 수업에 온 학생들에게 하고 싶은 말이 있다면?

고맙습니다.

✢ 요가를 다른 사람에게 추천한다면 어떻게 이야기하겠는가?

요가를 오랫동안 꾸준히 하면 참 좋아요.

✢ 당신에게 요가란 무엇인가?

삶의 한 방식, 자기발견의 길, 정화 그리고 이해.

✢ 가장 행복했던 순간은 언제였나?

이기적인 자아를 잊어버린 순간.

✢ 가장 화가 났던 순간은?

신을 잊어버린 순간.

✢ 당신의 꿈은 무엇인가?

해방, 자유, 진리를 깨닫는 것.

단 맷랙Dawn Matlak

미국 위스콘신
32세
유기농 농사일을 하는 농부

✤ 요가를 하게 된 계기는 무엇이고 요가를 시작한 지는 얼마나 되었나?

요가를 한 지는 10년 정도 됐다. 최근 3년 정도는 제대로 연습하지 못했지만, 작년부터 다시 열심히 하는 중이다.

✤ 요가를 해서 좋은 점이 있다면?

유연성.

✤ 굳이 인도의 아쉬람까지 온 이유는 무엇인가?

내 친구 두 명이 여기에서 이 코스를 수료했다. 친구들이 여기를 추천해서 그 전부터 항상 와보고 싶었다.

✤ 아쉬람에서 무엇을 배웠나?

더 차분해지고 명확해지고 만족하게 되었다. 그리고 요가를 가르칠 준비가 됐다고 느낀다. 물론 모든 아사나 동작을 완벽하게 할 수 있는 건 아니지만 말이다.

✤ 아쉬람 생활에서 좋았던 점과 나빴던 점은 무엇인가?

전 세계에서 온 다른 친구들과 함께한 모든 경험이 다 좋았다. 아침에 일어날 때 위가 좀 아파서 힘들었던 것 빼고는.

✤ 당신에게는 구루가 있나?

아직까지는 만나지 못했다.

✤ 인도의 매력은 무엇이라 생각하는가?

인도 사람들이 입는 옷의 밝은 색깔들. 사람들의 편안한 심성.

✤ 인생에서 당신의 가장 큰 적은 무엇인가?

설탕!

✤ 당신의 삶에서 가장 중요한 것 세 가지는?

자기 인식, 정직, 겸손.

✤ 건강한 삶을 위한 당신의 조언은?

혼자만의 시간을 가져라. 몸이 쑤시거나 감기 기운이 있을 때 혹은 스트레스를 받을 땐 뜨거운 물에 샤워하는 것만 한 게 없다. 음식을 준비하고 요리하는 데 시간과 정성을 들여라. 동물을 키우거나 아이를 낳아 기르는 것도 삶의 큰 기쁨이다.

✤ 스트레스 완화를 위한 당신의 조언은?

참아라, 항상.

✤ 당신의 첫 요가 수업에 온 학생들에게 하고 싶은 말이 있다면?

요가에는 많은 면이 있죠. 이 수업은 그 길의 시작일 뿐입니다.

✤ 요가를 다른 사람에게 추천한다면 어떻게 이야기하겠는가?

내 몸에 대해 더 귀 기울일 수 있게 된다. 스트레스를 받는 상황에서도 차분함을 유지할 수 있고, 자세를 바르게 하는 데도 좋다.

✤ 당신에게 요가란 무엇인가?

끊임없이 행복한 순간들의 연속.

✤ 가장 행복했던 순간은 언제였나?

언제나 '지금 이 순간'이 아닐까. 나는 지금 가장 행복하다.

✤ 가장 화가 났던 순간은?

지금 이렇게 행복한데, 왜 굳이 나쁜 기억을 떠올리겠나. 최악의 순간도 지나가게 마련이다.

✤ 당신의 꿈은 무엇인가?

평화롭게 죽는 것.

신기한 일이었다.

태어나 생전 처음 듣는 노래였지만

말할 수 없는 위로감을 주는

그 울림.

나는 그만 참고 있던

울음을 터뜨렸다.

4장

단순한
삶,
완전한
기쁨

함께
인도를
오르다

지난주에 다짐한 대로 이번 휴일에는 시내에 나가지 않기로 마음먹었다. 쌉쌀한 커피도 달콤한 케이크도 좋지만, 일주일 내내 공들인 몸과 마음의 균형을 단 하루의 휴일로 와장창 깨뜨려버렸던 지난번 휴일의 기억이 그리 좋지 않았던 탓이다. 그렇게 생각한 사람이 나만은 아니었는지, 셔틀이 출발한 지 한참 지나서도 아쉬람에는 적지 않은 수의 요기들이 어슬렁거렸고, 식당 앞마당에는 역시 모처럼 휴일을 맞은 스태프들이 한가롭게 크리켓을 하고 있었다.

인도 사람들이 자다가도 벌떡 일어날 정도로 좋아하는 스포츠가 크리켓이라고 하니 어쩐지 신기할 따름. 평소 표정을 잘 드러내지 않던 아쉬람 스태프들의 얼굴이 발갛게 상기되어 있는 모습을 지켜보는 것도 관전 포인트 중의 하나다. 크리켓의 무엇이 이 온순한 사람들을 열광시키는지 진정 궁금해진다. 정식 경기는 아니지만 난생 처음 하는 구경이라 그런지 눈길을 뗄 수 없다. 마당 한켠에 느긋하게 자리를 잡고 앉았는데, 마침 알란과 섹코가 다가왔다.

"여어, 너도 오늘 시내에 나가지 않는 모양이지?"

"어, 그러려고. 지난번에 가족들한테 메일도 보냈고, 지금은 특별히 필요한 물건도 없고 해서 말이지."

"그래? 그럼 잘됐다. 우리 둘이 저기 앞에 보이는 몽키 마운틴 Monkey Mt.에 가보려고 하는데 같이 가지 않을래? 여기서 별로 멀지도 않다고 하니 말이야."

"몽키 마운틴? 내 눈엔 그다지 원숭이처럼 보이지 않는데? 오히려 꼭 여자 가슴같이 생겼다고나 할까."

"하하! 네 말을 듣고 보니 그렇네. 그런데 저 산에는 원숭이가 워낙 많아서 몽키 마운틴이라고 하던데?"

"좋아. 그럼 어디, 원숭이들을 만나러 가보실까?"

여행 안의 또다른 여행. 설렌다. 며칠 전 아난다 숍에서 사둔 아몬드와 말린 무화과를 작은 가방에 대충 챙겨넣고 신발을 운동화로 갈아신었다. 원숭이 산이라니, 대체 원숭이들이 얼마나 많기에 그런 이름이 붙었을까.

가볍게 걸어서 가볼 생각으로 길을 나섰지만 원숭이 산은 한참을 걸어가도 나오질 않는다. 11월이라고는 해도 한낮에는 찌는 듯한 더위. 바람 한 점 불지 않는데 그늘도 없어 땀은 비 오듯 흐르고, 한 시간 넘게 걸었는데도 여전히 산은 구름처럼 멀기만 하다. 의논 끝에 지나가는 오토릭샤를 잡아타기로 한다. 살았다.

풍경은 여행지의 정서를 오롯이 담고 있게 마련이다. 현지 사람의 얼굴만 보고도 그 여행지의 풍광이 어떠하리라는 것을 대강은 그려낼 수 있다. 풍경은 사람을 담고, 사람은 풍경을 닮아가는 법이다.

한 달 동안 거의 아쉬람에만 머물렀기 때문에 인도의 정경이란 이것이다 하고 콕 집어 말할 순 없지만, 몽키 마운틴으로 가는 짧은 길 위에서는 인도의 정취를 충분히 만끽할 수 있었다. 누렇고 뿌얀 먼지를 일으키는 시골의 비포장도로, 그 위를 갈지자로 걷는 사람들의 느린 발걸음, 그보다 더 느릿한 소와 달구지의 행렬. 가는 길에 간간이 보이는 작은 구멍가게 안에서 사람들이 빙긋 웃어보인다. 붉고 무른 땅과 그 땅 위를 묵묵히 살아가는 성실한 존재들의 모습이야말로 가장 인도적인 정경이 아닐까.

오토릭샤로 30분을 더 달려 도착한 몽키 마운틴에는 생각보다 사람들이 많았다. 몽키 마운틴을 포함한 아쉬람 지역 일대는 모두 현지인들에게 신성한 땅으로 여겨진다고 했다. 먼 옛날 신이 땀을 흘릴 때 신성한 몇 방울의 땀이 인도의 몇 군데에 뿌려졌는데, 이 일대가 바로 그중 하나라고 전해진다.

오랜만의 산행에 조금씩 숨이 차오르고 땀이 송글송글 맺히기 시작한다. 아름다운 사리를 입은 인도 여인들이 무언가를 머리에 이고도 거침없이 산을 오르며 또 수줍게 웃으며 지나간다. 산에서는 누구 하나 얼굴을 찌푸리는 법이 없다. 마침 그날따라 원숭이 산을 오른 이방인들은 우리 셋뿐인지 함께 산을 오른 인도 사람들의 눈요깃감이 되었다.

"하긴 신기해 보이기도 할 거야. 아프리카계 한 명, 라틴계 한 명, 아시아계 한 명이 한데 뭉쳐 다니니 말이야."

"우하하! 그런가? 미처 생각해보지 않았는데, 정말 그렇네. 우리 세 사람, 재미있는 조합이야. 대륙별로 다 모였으니."

"우우 끼이이-, 우우 아아아-"
그런 우리의 대화를 비집고 들어오는 건 바로 원숭이의 울음소리. 그렇다. 말로만 듣던 원숭이들이 어느새 수를 헤아리기 힘들 정도로 떼를 지어 주변을 둘러싸고 있었다. 붉은 얼굴, 영민해 보이는 눈, 긴 꼬리, 호기심에 벌렁거리는 콧방울. 자신들의 성역을 침범한 이들에게 스스럼없이 다가와 손을 내미는 것이 마치 어서 먹을 걸 내놓으라는 뜻 같다. 어떤 녀석들은 아예 옆에 서 있던 한 인도 사람의 셔츠 포켓에 있는 과자를 거침없이 낚아채 달아난다. 여간 잔망스럽지 않은 원숭이다. 그런데도 과자를 빼앗긴 남자는 수지맞은 표정으로 연신 싱글벙글이다. 과연 몽키 마운틴.

인도 사람들에게 원숭이는 친근하고도 신성한 동물로 여겨지는데, 원숭이 형상의 신인 하누만Hanuman은 코끼리 신인 가네샤Ganesha만큼이나 대중적으로도 매우 인기가 많다고 한다. 이런 인기를 반영하듯 산중턱 곳곳에 하누만 신을 모신 작은 신전들이 있다. 하누만은 비슈누Vishnu나 시바Shiva, 크리슈나Krsna 등 막강한 힘을 지닌 신들에 비하면 하급에 속하지만, 사람들의 소원을 빨리 들어준다고 알려져 있다. 아마도 성격이 급하고 행동이 민첩

한 데서 기인한 게 아닐까 하는 생각이 들었다. 하누만. 전신이 붉은 원숭이신. 그 앞에서 향을 피우거나 꽃을 뜯어 정성스레 바치는 사람들의 모습도 보인다.

천연덕스러운 표정을 하고 있는 녀석들을 뒤로하고 다시 걸었다. 허벅지가 뻐근해올 때쯤 마침내 산의 정상에 가까워지나 싶었는데, 갑자기 길이 가파르게 변하더니 어디서부터인지 알 수 없는 높은 곳에서 아주 차갑고 깨끗한 물이 검은 바위틈을 타고 흘러내린다. 역시 신성한 곳이라는 느낌이 든다.

한기가 느껴질 만큼 서늘한 바위 사이를 지나자 다시 평평한 지대가 나오고 저멀리 큰 나무 한 그루가 보인다. 거기가 정상인 듯했다. 이미 우리를 앞질러 간 인도 사람들이 총총 부지런히 걸어가는데, 마치 이란의 영화감독 압바스 키아로스타미의 영화 속 장면처럼 평화롭고 따스하다.

이윽고 그들을 따라 정상에 오르자 시원한 바람이 땀을 식혀준다. 이내 두 눈을 가득 채우며 들어오는 것은 눈부신 마을의 정경. 산, 강, 푸른 논밭, 하늘, 구름이 한데 얽혀 마치 어느 인상파 화가의 화폭처럼 거침없이 펼쳐진다. 알란이 손가락으로 가리키는 곳에는 우리의 아쉬람도 보인다. 먼 데서 보는 아쉬람이 정겹다. 마침 날이 좋아 어느 곳 하나 막히는 데 없이 선명하게 눈 속에 들어와 맺힌다. 시원하고 아름답다.

우리의 생각과 달리 원숭이 산의 정상은 평평하고 고른 분지였다. 그것도 꼭 별 모양처럼 가장자리가 사방으로 뻗어나 있는 덕분에 동과 서, 남과 북의 풍경을 360도로 조망할 수 있었다. 이런 게 산의 끝이라고는 생각해보지 못했다. 만약 산의 정상이 그런 것이라면, 우리 삶의 정상도 꼭 하나일 필요는 없다는 것, 정상에서 바라보는 세상의 풍경이 똑같지는 않다는 것, 그렇지만 우리는 여전히 함께 정상에 서 있다는 것. 원숭이 산 정상의 바람소리는 내게 그런 것들을 새삼 알려주었다. 우리는 누가 먼저랄 것도 없이 각자 다른 방향으로 달려가서 원숭이 산의, 인도의 그리고 세상의 풍경을 실컷 눈과 마음에 담았다. 정말 멋진 순간이었다. 우리가 본 것은 각각 다른 방향의 풍경이었지만, 동시에 같은 것이기도 했다. 우리는 알고 있었다. 어쩌면 다시 오지 않을 그 결정적 순간, 그 전율. 진정 우리는 따로 또 같이, 행복했다.

예상보다 길어진 산행 탓에 배가 금세 배가 고파졌다. 잠시 간식으로 배를 채우고 물로 목을 축인 뒤 다시 내려가는 길. 작은 신전 앞에 사람들이 무언가를 기다리며 줄을 서 있고, 어떤 할아버지가 기다렸다는 듯 우리에게 빙긋 웃으며 다가왔다. 주황색 염료가 묻은 손가락을 내밀고는 얼른 고개를 숙이라는 시늉을 한다. 호기심 많은 알란이 성큼 다가가 얼굴을 내밀자 할아버지는 알란의 미간 사이에 가만히 검지로 무언가를 바른다.

서드 아이The Third Eye. 바로 '제3의 눈'이라 불리는 차크라Chakra
다. 흔히 인도 사람들이 이마 아래 미간 사이에 표시하는 그것. 눈
으로 볼 수 있는 것 너머의 것을 보는 세번째 눈을 의미하는 서드
아이는 직관이나 잠재력을 뜻한다는데, 이번 산행에서 우리에게
도 뜻밖의 기회가 찾아온 것이다. 이마에 서드 아이를 찍고 나자
갑자기 온몸의 기가 이마 가운데로 모이는 것만 같은 기분이 든
다. 원숭이 산 등반 기념으로 가지게 된 세번째 눈. 이마의 작은
점 하나로도 마음이 맑아진다.

산을 내려오자 풍경도 원숭이들도 어느새 다 사라지고 오후의
바람만이 우리를 감싸고 돌았다. 그리고 바람 속에 섞인 달큰한
내음. 하릴없이 시내를 돌아다니고 기운을 소진하는 것보다 훨씬
더 멋진 휴일, 멋진 산행이었다.

"같이 가자고 말해줘서 고마워. 오늘, 정말 좋은 산행이었어."

"나도 정말 즐거웠어. 참, 아까 간식이랑 물을 나눠줘서 고마
워. 그게 없었으면 좀 고됐을 것 같아."

"유 아 베리 웰컴. 오히려 내가 고맙지."

가슴 모양을 한 원숭이 산, 신의 땀방울처럼 흘러내리던 맑고
시원한 물줄기, 영민한 눈빛의 원숭이들, 정상 위에서 맛보았던
바람의 향기, 작은 선물 같던 주홍빛깔의 제3의 눈, 그렇게 잊
을 수 없는 아쉬람의 하루가 또 지나가고 있었다.

세상에서
가장
오래된 지혜

나는 어두운 방의 침대 위에 누워 있었다. 가볍게 숨을 들이쉬고 내쉬자 닥터 나나는 기다렸다는 듯이 내 머리 위에 달린 항아리의 튜브꼭지를 조심스럽게 열어주었다. 눈을 감고 그것을 기다렸다. 똑, 똑, 똑. 한 방울, 두 방울 따뜻하고 부드러운 것이 이마 한가운데로 또로록 흘러내렸다. 눈은 감고 있었지만 그것이 이미 내 이마와 머리칼까지 흠뻑 적시고 있다는 걸 느낄 수 있었다. 그것은 머릿속에 가득 들어차 있던 온갖 걱정과 상념들마저도 위로하듯 부드럽게 씻어주었다. 하염없이 이마를 흘러내리는 오일과 흘러가는 시간 속에 나를 가만히 내려놓았다.

똑, 똑, 똑……. 마침내 항아리 속에 가득 차 있던 오일이 마지막 방울까지 남김없이 떨어졌다. 닥터 나나가 들어와 "자, 이제

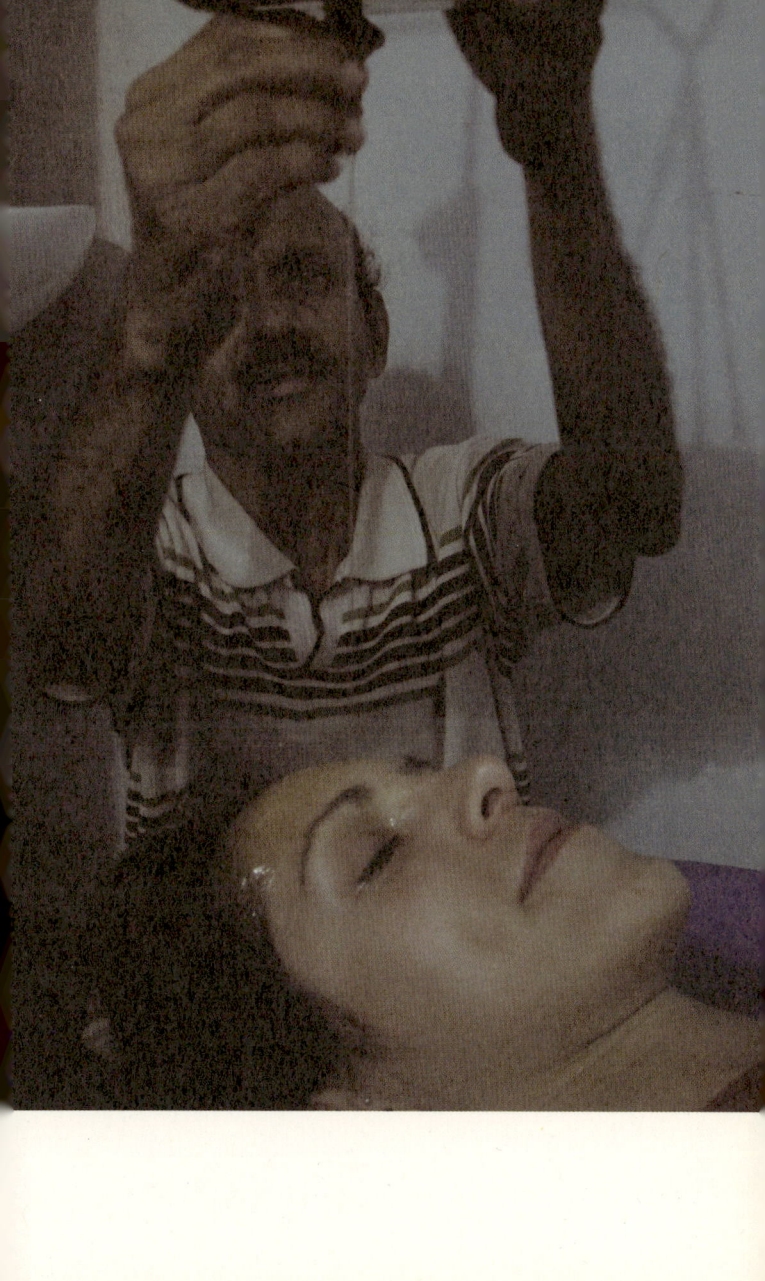

다 끝났어요"라고 말하는 것을 듣고 천천히 눈을 떴다. 아유르베다 오일의 향긋한 내음이 이마와 머리칼, 방안에 가득했다. 마치 처음 세례를 받았을 때처럼 몸과 마음이 따뜻하고 평온해지는 기분이었다. 그건 바로 아유르베다 테라피의 꽃이라고 불리는 '시로다라Shirodhara'였다.

시로다라는 아유르베다 중에서 가장 잘 알려져 있는 요법 중 하나로, 시로Shiro는 '머리', 다라Dhara는 '떨어지다'는 뜻이다. 약초가 가미된 오일을 체온보다 약간 뜨겁게 데워 머리 위로 서서히 떨어뜨리면, 이마와 머리에 떨어진 오일이 스며들어 대뇌를 안정시키고 혈액 순환을 원활하게 해준다. 요가를 끝냈을 때와 마찬가지로 바로 샤워하지 않는 것이 중요하다. 체내에 오일이 자연스럽게 스며들 때까지 기다려야 하기 때문이다.

아유르베다라는 단어를 처음 들었던 건 아마도 대학 시절이었을 것이다. 영국산 바디용품 전문매장 안에 전시된 커다란 광고판 위에는 아유르베다와 트리도샤Tridosha가 신비스럽게 그려져 있었고 가게 안에는 이국적인 향내가 감돌고 있었다. 그때는 그게 인도 전통 의학에서의 치료요법이라는 것을 몰랐다. 실제로 아유르베다는 세계에서 가장 오래된 전승의학요법이고 나중에 중국으로 넘어가 우리가 잘 아는 한의학의 기초가 되었다고 한다.

아유Ayu는 '생명', 베다Veda는 '지혜'를 뜻한다. 생명의 지혜, 자연의 에너지. 건강하게 오랫동안 살 수 있는 비결은 다른 어느 곳이 아닌 자신의 몸과 자연에 있다는 것. 그것이 아유르베다의 기본개념이다.

한의학의 사상체질과 비슷하게 아유르베다는 공간, 바람, 불, 물, 땅 등 다섯 가지 기본적인 요소를 바탕으로 해서 세 가지 도샤Dosha로 사람을 분류한다. 땅과 물의 결합인 카파Kapa, 불과 물의 결합인 피타Pita, 공간과 바람의 결합인 바타Vata가 그것이다. 사람은 누구나 세 가지 성질을 가지고 있지만 그중 더 강한 것이 무엇이냐에 따라 좀더 섬세하게 분류되기도 한다. 나 역시 세 가지 성향을 다 가지고 있지만, 바타-피타Vata-Pita에 가까운 것 같다. 어떤 것이 좋고 나쁘다는 것이 아니라 그것이 자신의 몸에 어떻게 작용하는지를 알고, 잘 맞는 것은 강하게 키우고 그렇지 않은 것은 약하도록 돕는 것이 아유르베다의 원리다. 카파-피타-바타가 모두 균형을 이룰 때 우리 몸은 제대로 기능할 수 있기 때문이다.

"자, 수업을 시작하기 전에 다 같이 저를 따라 하세요. 먼저 양쪽 손톱을 문지릅니다. 손바닥을 세 번씩 번갈아 꾹꾹 누르고, 다섯 손가락을 이용해서 반대편 손바닥을 가볍게 탁탁 쳐보죠. 그리고 이제 눈을 감고 천천히 깊게 들이쉬고 내쉽니다……. 자, 이제 눈을 뜨세요. 좋아요, 아주 좋아. 어때요? 환상적이죠?"

아유르베다를 가르치는 선생은 아쉬람에서 가장 희한한 캐릭터를 가진 분이었다. 유난히 작은 키에 마른 몸, 시원하게 벗겨진 이마의 그분은 늘 종종걸음으로 꿀벌처럼 바쁘게 날아다녔다. 한마디로 〈스타워즈〉의 요다와 찰리 채플린을 반반씩 섞어놓은 사람. 이름은 나나 우드요그 사무흐. 자신을 '닥터 나나'로 불러달라고 했다.

닥터 나나는 언제나 자신보다 더 큰 배낭을 메고 나타나 그 안에서 온갖 진귀한 약초와 허브들, 파우더와 나뭇가지 같은 것들을 마법사처럼 펼쳐 보였다. 가뜩이나 닥터보다는 약장수 같은 이미지인데, 말투는 더 그럴싸했다. 연신 웃음이 터지게 만드는 재치와 말솜씨라니.

"오오, 이거 보세요. 정말 근사한 장미예요. 여러분, 이렇게 아름다운 장미를 본 적 있나요? 향기 한번 맡아봐요. 어서 어서. 자자, 맡아들 보라니까. 트레멘더스(Tremendous, 엄청나죠)!"

"자, 이제 여러분한테 신비의 허브를 소개하죠. 이름은 바로 트리팔라Triphala! 이거 하나면 못 고치는 게 없어요. 패뷸러스(Fabulous, 굉장하죠)!"

"인간의 몸은 마치 거울에 비친 우주와도 같아요. 아주 신비롭고 유기적이죠. 자, 이제 우리 눈에 보이는 사람의 몸을 통해 보이지 않는 우주의 이치를 배워봅시다. 어때요, 기대되지 않나요? 정말 판타스틱 하겠죠(Fantastic, 환상적이죠)?"

그는 노상 이 세 단어를 입에 달고 살았다. Tremendous와 Fabu-

lous, Fantastic! 이른바 1T 2F. 그에게 세상의 모든 것들은 '엄청나고' '굉장하며' '환상적인' 것이었다. 게다가 행동은 어찌나 민첩한지 칠판에 쓴 걸 적으려 보면 언제나 이미 다 지우고 난 뒤.

매일 새벽, 약장수처럼 가방 두 개를 메고 나타나는 닥터 나나는 수업시간에 수십 가지의 재료들을 펼쳐놓고서는 그것들을 너무나 어렵게 구했다면서 "너희들은 행운아다" "이건 어디 가서도 못 보는 거다" "진짜 귀한 거다" 하며 너스레를 떨곤 했다.

아유르베다는 모든 이론을 자연에서 차용하고, 실제 사용하는 재료들도 전부 자연의 것들이기 때문에 닥터 나나의 말이 꼭 틀린

것은 아니었다. 매일 이론 수업과 함께 닥터 나나의 요술 배낭에서 나온 온갖 자연 재료들을 직접 보고, 만지고, 자르고, 갈고, 물에 섞고, 냄새를 맡고, 효능을 배우는 시간들이 이어졌다.

"여기 이 나뭇가지를 보세요. 그저 그런 보통의 나뭇가지 같죠? 하지만 이건 대단한 녀석이에요. 자, 이렇게 껍질을 벗기면 하얗고 부드러운 나무심지가 보여요. 이 나무심지를 손으로 부드럽게 비틀면……. 자, 이거 보세요. 부드러운 솔처럼 변하죠? 이게 뭐냐 하면 바로 오가닉 칫솔이에요, 칫솔. 치약을 묻힐 필요가 없죠. 이 나뭇가지에는 화학치약보다 더 뛰어난 소독과 재생기능 성분이 들어 있기 때문이에요. 정말로 훌륭한 천연칫솔인 셈이죠. 나뭇가지를 칫솔로 쓰는 게 이상하다구요? 그렇다면 여러분이 매일 쓰는 플라스틱 칫솔은 어떤가요? 그게 정말 위생적이라고 생각하는 건가요? 정말로?"

아유르베다는 결국 '우리에게 필요한 모든 것은 자연 속에 있다'고 말한다. 바꿔 말하면 자연 속에 있지 않은 건 우리에게 필요하지 않다는 뜻이다. 그런 단순한 깨달음이야말로 5천 년 동안 이어져온 아유르베다의 위대함이 아닐까. 자연을 면밀히 관찰하며 진지하게 공부하고 알게 된다는 건 정말 멋진 일이다. 그것은 결국 나 자신을 더 깊이 알게 된다는 것이니 말이다. 그런 까닭에서인지 닥터 나나의 얼굴에는 늘 자부심 같은 것이 흘렀다.

인도에 여행 간 사람이면 누구나 사랑할 수밖에 없는 것이 있다. 그건 히말라야Himalaya라는 브랜드의 물건들이다. 히말라야는 아유르베다에 기초해서 인도에서 나는 온갖 허브들을 이용해 만든 상품을 판매한다. 주로 몸과 얼굴에 바르는 기초 뷰티 제품이지만, 허브를 이용한 비타민이나 근육통증을 완화시키는 의약품들도 다양하게 있다. 가격도 저렴한 것은 물론이고, 거의 백 퍼센트 천연재료로 만들어져서 부작용이 없다는 것이 특징이다.

인도에서 처음 알게 된 허브는 아말라Amala와 님Neem이었다. 이 둘은 딱히 어느 한 곳에만 좋다고 단정 지을 수 없는 '슈퍼 울트라 파워 허브'다. 특히 아유르베다 의학에서 신성시하는 아말라는 인디언 구즈베리라고도 하는데, 자연에서 얻을 수 있는 것 중 가장 많은 양의 비타민 C를 머금고 있는 보물이다.

아말라 자랑을 좀 하자면, 인체 내의 독을 제거시키고 소화 흡수에 탁월한 효과가 있을 뿐만 아니라 심장, 간, 콩팥, 뇌, 뼈, 치아, 잇몸, 위장을 튼튼하게 해주고 항산화제, 항박테리아, 항균, 소염, 항바이러스, 지혈 작용을 하기도 한다. 또한 오렌지보다 스무 배나 많은 비타민 C가 포함되어 있고 피부와 머리카락과 혈액과 면역계통을 강화시켜준다고 한다.

나는 이 아말라의 매력에 푹 빠지고 말았다. 아난다 숍에서 늘 말린 아말라를 사다 먹곤 했는데, 닥터 나나 덕분에 운좋게도 수업시간에 직접 생열매를 먹어볼 기회를 얻었다. 청포도 빛깔에 크기는 자두만하다. 레몬과는 비교도 되지 않을 정도의 시큼하고 떫은맛을 가지고 있어 한 입 먹는 순간 몸서리를 칠 수밖에 없다. 하지만 자고로 입에 쓴 약이 몸에 좋은 법이니까.

님은 그 이름과 생긴 모양만큼이나 순하고 효능도 많아 가히 허브의 여왕이라 할 만하다. '걸어다니는 약국'이라고 불릴 정도로 치유력이 강하고 노화방지에도 탁월한 효과가 있으며, 특히 피부에 좋다고 한다.

건강함과 아름다움.

인간이라면, 특히 여자라면 누구나 가지고 있는 가장 기본적인 욕구 중 하나다. 내가 요가에 관심을 가지게 된 것은 언젠가부터 건강에 적신호가 켜졌다는 것을 알게 된 후였다. 하지만 건강을 약으로 지키는 것만큼 어리석은 것은 없다고 믿었고, 건강하(게 살아가)려면 스스로의 상태를 정확하게 아는 것이 가장 중요하다고 생각했다. 그래서 요가만큼이나 궁금해했던 것이 아유르베다였다. 그렇기에 아쉬람에서 배운 아유르베다는 어떤 시간보다 값진 경험이 되었다. 무엇보다 닥터 나나에게 무한한 감사를.

◈

덜 소유하고
더 경험하기

하루는 간다하르 선생이 이런 이야기를 들려주었다. 이것은 우유 한 잔이 어떻게 한 남자의 인생을 송두리째 바꿔놓았는지에 대한 이야기.

한 제자가 스승의 곁을 떠나 혼자 수행을 시작하게 되었다.
스승은 제자에게 이렇게 말했다.
"가장 작은 것을 조심하여라. 그것이 모든 번민의 시작이다."
제자는 자신 있다는 듯 스승에게 걱정 말라고 했다. 스승은
다시 만날 날을 기약하며 길을 떠났고 제자는 마을에 남았다.
야심차게 수행을 시작한 제자는 어느 날 목이 말라 농부에게
우유 한 잔을 청했다. 농부는 그에게 우유 한 잔뿐 아니라 소

를 한 마리 줄 테니 스스로 키워 우유를 마시라고 했다. 제자는 손사래를 치며 거절했지만 농부는 소를 관리하는 건 자신의 딸이 알아서 할 테니 아무 걱정하지 말라고 했다. 제자는 마지못해 소를 받아들였다. 얼마 후 농부의 딸이 소를 관리하러 왔고, 제자는 이내 여인과 사랑에 빠진다. 결국 두 사람은 결혼해서 아이를 낳고 더 많은 소와 논밭을 관리하며 살게 된다. 제자는 이미 수행 따위는 잊은 지 오래다.

몇 년 뒤, 스승이 제자를 찾아온다. 스승은 제자에게 '수행을 하라고 했지 일가를 이루라고 했느냐'며 일이 어떻게 이렇게 되었는지 묻는다. 제자는 대답한다. "스승님의 말씀이 맞았습니다. 모든 것은 지극히 작은 것에서 비롯되었습니다. 저는 단지 목이 말라 한 잔의 우유를 마시고 싶었을 뿐인데, 그 우유 한 잔으로 모든 것이 바뀌었습니다"라고.

2010년 봄, 법정스님은 우리에게 '무소유'라는 삶의 가치를 남기고 떠나셨다. 한 가지 재미있는 것은 그 무렵에 스님의 책『무소유』가 절판된다는 이야기가 한참 떠돌았고, 그 때문에 많은 사람들이『무소유』라는 책을 '소유'하기 위해 한바탕 난리법석을 일으켰다는 것이다. 결국 얼마 동안 그 책을 출간하기로 함으로써 그 일은 잠깐의 해프닝으로 일단락되었고, 사람들의 동요도 가라앉았다.

스님의 죽음, 『무소유』라는 책, 책의 내용과는 정반대로 소유욕에 사로잡힌 사람들. 당시 일어난 일련의 뉴스를 보며 나는 우리는 영원히 소유의 굴레에서 벗어날 수 없는 존재임을 절감했다(물론 그때 내게는 중학교 입학식 때 선물로 받은 『무소유』가 있었기에 크게 동요하진 않았다).

정말 소중한 것은 소유할 수 없다. 이미 알고 있는데도 왜 우리는 끊임없이 무언가를 소유하고 싶어 하는 것일까. 식욕이나 성욕처럼 소유욕도 인간의 가장 근본적인 욕구이기 때문인 걸까. 그것이 늘 궁금했다. 하지만 비틀스가 'Can't Buy Me Love'라는 곡에서 노래했듯이 정말로 소중한 것들은 돈으로 살 수도 가질 수도 없다. 나는 '죽음'과 관련된 세 번의 경험을 통해서 그것을 깨달았다.

첫번째는 2001년 9월 11일에 일어났다. 그때 나는 북경에서, 내 언니는 뉴욕에서 공부하고 있었다. 그날 TV에서 보았던 뉴스는 블록버스터의 한 장면을 연상시켰지만 그건 영화가 아닌 실제였다. 언니가 바로 그곳에 있다는 사실이 뇌리를 스치고 지나갔다. 부랴부랴 언니에게 전화를 했지만 도무지 연결되지 않았고 한국의 가족들도 발만 동동 굴렀다. 우리는 그저 기도하는 수밖에 없었다. 다행히 며칠 뒤에야 언니에게서 무사하다는 연락이

왔다. 자기가 자주 오가던 거리에서 생긴 일이라고 했다. 놀랐고 안도했고 감사했다. 비록 며칠 동안이었지만 언니가 혹시 죽었을지도 모른다는 생각은 몸과 마음을 얼어붙게 만들었다. 나는 죽음의 위력을 처음 느꼈다.

두번째 경험은 2003년 가을에 있었다. 그때 나는 죽었다……가 살아났다. '죽었다'고 표현하는 것이 의학적으로 맞지 않을는지 모르겠지만, 아직까지도 내게는 꽤나 생생한 기억이다. 집에서 가족들과 이야기하던 도중에 나는 갑자기 의식을 잃고 말았다. 어쩌면 잠깐 기절한 것이겠지만, 그때 정말 생생하게 내가 죽음의 문턱에 서 있다는 것을 느꼈다. 죽음을 느낀다는 건 정말이지 이상한 기분이었다. 병원에서는 기력이 많이 쇠한데다 심한 저혈압이 겹쳐 쓰러진 거라고 했다. 그렇게 고비를 넘겼지만, 그날 이후 무언가 내 안에서 빠져나간 듯한 느낌이 들었다. 무슨 일을 하든 쉽게 피로해졌고 몸도 제대로 말을 듣지 않았다. 그때 알았다. 그냥 사는 것과 건강하게 사는 것은 다르다는 것을. 바로 그때부터 '건강하게 사는 삶'에 대해 진지하게 생각하기 시작했다.

마지막 경험은 2006년의 초봄 때 일어났다. 정말로 믿고 싶지 않은 일이 일어나고 말았다. 어머니가 돌아가신 것이다. 심장마비라고 했다. 도무지 믿기지가 않았다. 나를 세상에 있게 한 크고 위대한 존재가 한순간에 사라져버렸다는 사실을 견딜 수 없었다. 허탈감, 두려움, 상실감…… 어떤 말로도 표현하기 힘들었다. 언젠가는 찾아올 날이었지만 나는 준비가 되어 있지 않았다. 어머니의 죽음은 그렇게 내게 말하고 있었다. 정말 소중한 것은 가질 수 없다고.

삶이란 아이러니하게도 죽음이 코앞에 닥쳤을 때야만 비로소 그것을 진지하게 들여다볼 눈을 갖게 해준다. 우리가 좀더 현명하다면 살아 있을 때도 '죽(고 싶)을 만큼' 열심히 살겠지만, 우리는 아직도 한참 어리고 어리석기만 해서 죽음이 아주 가까이 다가오기 직전까지도 삶의 진정한 의미를 놓친 채 살아간다. 어머니의 죽음은 분명 큰 슬픔이었지만 '가장 소중한 것'이 무엇인지를 깨닫게 해주었다. 비록 어머니를 물리적으로 만날 수 없게 되었지만, 내게 남아 있는 삶을 통해 내적으로 더 많이 닮아갈 수 있게 된 것이다.

아쉬람에 온 것도 바로 그런 이유에서였다. '뼈 가까이에 있는 생활', 그러니까 나에게 진짜 소중한 것을 한번 살아보고 싶어서 온 것이다. 조금 덜 소유하고 훨씬 더 많이 경험하는 그런 삶.
책에서 읽은 것은 잊어버릴 수 있고 소유한 물건은 잃어버릴 수 있지만, 몸으로 경험한 것은 결코 그럴 수 없다. 눈으로 보고,

귀로 듣고, 코로 들이쉬고, 가슴으로 느낀 것들은 영원히 내 안에 남는다. 그렇게 해서 나는 '가진 것'이 아니라 '경험한 것'으로 존재할 수 있게 된다. 빼앗을 수도, 빼앗길 수도 없는 것. 그래서 가장 소중한 것으로 말이다.

끊임없이
움직이고
지독하게
단순해져라

아쉬람 라이프는 매일 땅 위에서, 흙을 밟는 가운데 촘촘히 엮인다. 말하자면 부지런히 몸을 움직이지 않고는 무엇 하나 되는 것이 없고, 한순간도 앞으로 나아가지 않는 것이다. 한마디로 아쉬람에서는 쉴 새 없이 몸을 놀려야 한다. 세상의 모든 일이 그러하듯 자신의 것은 자기가 온전히 책임지고 감당해야 한다. 대신 해줄 사람은 아무도 없다. 왠지 거창하게 들리겠지만 내가 말하고 있는 건 '리얼 아쉬람 라이프'다. 다시 말해 청소와 빨래와 설거지에 대한 이야기. 먹고 사는 생활에 따라오는 이 모든 순수한 노동이 아쉬람에서라고 예외일 리 없지 않은가.

아쉬람에는 전기가 없다. 공식적으로는 있지만 그건 어디까지나 '공식적인 시간'에 '공식적인 장소'에서만 그렇다. 다시 말해 일과 후에는 아예 들어오지 않거나 거의 들어오지 않는다. 에디슨이 얼마나 위대한 발명가인지는 전기 없는 휴일, 빛 없이 어두컴컴한 저녁시간을 지내보면 금세 알 수 있다.

전기 사정이 이렇다 보니 두 대나 있는 공용세탁기도 무용지물. 세탁시간이 따로 정해져 있는 게 아니기 때문에 중간중간 틈을 봐서 잽싸게 빨래를 해야 한다. 세탁기가 얼마나 위대한 발명품인지는 한 번만 이불빨래를 해보면 깨닫게 된다. 모두들 호시탐탐 빨래할 기회를 엿보고 있기 때문에 몇 번 주춤거리다 보면 마치 연말의 카드청구서처럼 수북이 쌓인 빨래를 보고 한숨짓게 되고 만다. 그렇다. 결국 얼룩지지 않고 냄새 나지 않는 고고한 삶 따위는 내가 떠나온 저편에도, 아쉬람 이편에도 없다. 빨래는 빨래다.

이에 비하면 오히려 설거지는 간단한 편이다. 앞서 말한 것처럼 인도 음식은 기본적으로 탈리에 서브된다. 탈리는 힌디어로 '큰 쟁반'을 뜻한다. 나는 이 단단하고 우직한 스테인리스 그릇에 그만 반해버리고 말았다. 소박하고 서민적이고 무엇보다 사용하기 편하다. 게다가 무엇이든지 다 담아버리는 넉넉함도 마음에 든다. 탈리는 식판처럼 칸이 나뉘어 있지 않기 때문에 원하는 요리를 원하는 양만큼 담을 수 있다. 같은 요리, 같은 그릇이라도 사람마다 담는 법이 다르다. 식사 때마다 사람들이 어떻게 음식을 담는지 구경하는 것도 쏠쏠한 재미다. 그런 사소한 것 하나에서도 사람을 읽어낼 수 있다는 게 참 신기하다. 어떤 음식을 많이 담고 적게 담았는지, 어떤 모양으로 담았는지가 그 사람을 고스란히 보여주니 말이다.

이를테면 스프 하나만 해도 사람마다 담는 법이 천차만별이다. 깊은 볼에 담는 사람, 넓은 볼에 담는 사람, 아예 접시에 가득 쏟아붓는 사람. 스프에 차파티를 찍어서 먹는 사람, 후루룩 마시는 사람, 숟가락으로 조심스레 떠먹는 사람. 같은 음식이라도 담는 방법, 먹는 방법에 따라 분명 맛이 다를 것이다.

자기가 먹을 만큼의 음식을 담는 것은 불문율이다. 원한다면 얼마든지 더 가져다 먹을 수 있다. 감사한 마음으로 먹고 남기지 않는다. 그렇게 각자 다른 모양으로 식사를 마치고 나면 자기가 쓴 그릇을 깨끗이 씻어야 한다. 먹고 난 후 바로 일어나 그릇을 깨끗하게 설거지하는 건 아쉬람 생활에서 기본 중의 기본에 해당한다.

식당 옆에 나란히 마련된 개수대에서는 한 번에 다섯 명씩 설거지를 할 수 있다. 먹을 때와 마찬가지로 씻는 방법도 제각각. 대충 씻는다는 생각은 하지 못한다. 다 같이 쓰는 식기라서 한 사람이 지저분하게 설거지하면 그 피해가 고스란히 다른 사람들에게 돌아가기 때문이다. 자기가 씻은 그릇을 다음번에 누가 먹게 될지 알 수 없으니, 설거지를 그다지 좋아하지 않는 나 같은 사람도 열심히 닦을 수밖에 없다. 아쉬람에서는 음식을 만드는 것, 먹는 것, 설거지하는 것 하나하나가 모두 요가 수행이다.

방 청소는 일주일에 한 번씩만 하면 되니 그저 감사할 따름이다. 아쉬람 안팎의 청소는 매일 카르마 요가를 통해 하게 되지만, 정작 방에서는 요기들이 거의 잠만 자는지라 청소는 매주 한 번으로 충분했다. 침대와 수납장은 각자가 하고, 바닥 청소와 쓰레기 비우기, 공용세면대, 화장실 청소는 나눠서 한다.

그렇게 요가와 일상생활 속에서 끊임없이 몸을 움직이는 것. 비록 전기가 없고, 물이 부족하고, 도구는 허술하지만 그런 불편한 삶을 기꺼이 그리고 기쁘게 감수하는, 아니 오히려 즐기는 삶. 우리는 온몸의 근육과 세포를 그렇게 하나도 남김없이 철저히 쓰면서 야성의 삶을 함께 살았다. 비트겐슈타인Wittgenstein이 한 말처럼 '우리가 유일하게 확신할 수 있는 일은 몸을 움직이는 일'뿐이니 말이다.

낯설고 어리둥절하기만 했던 아쉬람 생활이 어느새 몸에 꼭 맞춘 것처럼, 숨을 쉬는 것처럼 익숙해져간다. 놀랍고 신기하다. 심플 라이프. 단순하고 야성에 가까운 생활. 단순한 삶을 살기 위한 방법은 이토록 간단하다. 끊임없이 움직이고 지독하게 단순해질 것.

요기들의
축제

아쉬람의 토요일 저녁은 특별하다. 축제가 있기 때문이다. 이 날만큼은 온 아쉬람 스태프들과 선생들, 자원봉사자들, 요기들이 한자리에 모인다. 큰 경사가 있는 시골 마을의 풍경이 그러하듯 이날의 아쉬람에는 하루종일 맛있는 냄새와 유쾌한 들썩거림이 가득하다. 이날만큼은 주방에서도 아낌없이 음식을 내놓는다. 잔 치인 만큼 종류와 양도 전에 없이 풍성하다. 분주한 키친 레이디 들을 지켜보는 게 즐겁다. 마마의 지휘 아래 쉴 새 없이 뚝딱뚝딱 음식을 만들어내는 것이 그저 마법 같기만 하다. 무엇보다 평소 에는 볼 수 없었던 향긋하고 달콤한 디저트들이 눈과 코와 입을 즐겁게 한다.

이 특별한 날은 하반Havan이라고 불린다. 하반은 본래 힌두교에서 특별한 날에 복을 기원하며 음식을 만들어 나누는 의식을 말하는데, 아쉬람에서의 하반은 요기들이 스스로를 격려하고 축하하는 날이다. 한 주간 몸으로 귀로 눈으로 배우고 익히느라 고생한 자신들을 위로하고 격려하는 시간. 말하자면 일종의 책거리다. 요가를 배워 조금은 더 나아지고 현명해졌음을, 어제보다 오늘이 조금은 더 지혜로워졌음을 자축하는 것이다. 자신이 얼마나 더 성숙해졌는지는 오직 자신만이 가장 잘 알 수 있다. 하반에는 등수도 상도 없다. 그저 스스로의 노력과 성실함에 진심으로 기뻐하고 마음껏 웃고 힘차게 춤출 뿐이다. 하반이 있는 날 요기들의 얼굴에는 자부심이 흘렀다. 말은 하지 않았지만, 우리는 알고 있다. 이곳에서의 매 순간 자기 자신을 얼마나 아낌없이 쏟아부었는지를.

더군다나 오늘은 아쉬람의 수장인 구루지의 생일이다. 정확한 나이는 알 수 없지만 일흔은 족히 되었을 것이다. 그러나 구루지의 형형한 눈빛만은 아직 한참 젊은 우리 모두를 압도하고도 남음이 있었다. 요가를 할수록, 요가적인 삶을 살아갈수록 눈빛 또한 그렇게 깨끗하고 깊어진다는 것을 구루지와 그 가족들을 통해 알 수 있었다.

하반에다 구루지의 생일까지 겹쳤으니 그야말로 겹경사. 스태프와 요기들은 오후부터 아쉬람 구석구석을 쓸고 닦은 뒤 구루지의 생일파티를 준비했다. 앞마당과 명상실 바닥에는 정성스럽게 그림을 그리고 문구를 써넣었다.

'해피 버스데이, 구루지!'

웬만해서는 표정을 잘 드러내지 않는 구루지의 얼굴에도 오늘만큼은 환한 미소가 번진다. 미리 준비한 꽃다발을 선물하고 한 사람씩 구루지를 따뜻하게 포옹한다. 우리가 할 수 있는 최대한의 존경과 사랑을 담아.

음식을 다 먹은 뒤 모두 파탄잘리 홀로 자리를 옮겼다. 간다하르 선생과 마다나 여사 그리고 뒤를 이어 스태프들이 인도 전통 악기들을 가지고 파탄잘리 홀에 나타났다.

둥두둥 둥두둥 둥둥둥…….

특유의 꼿꼿한 자세로 간다하르 선생이 자리를 잡고 앉아 튕기듯 북을 두들긴다. 정말이지 이 선생은 못하는 게 없는 걸까. 마다나 여사와 여자 구루들도 질세라 마이크를 잡고 노래를 부른다. 인도의 전통 음악. 우리나라의 타령 같기도 하고 아프리카의 민속 음악 같기도 하다. 경쾌한 북소리와 유장한 노랫가락에 파탄잘리 홀의 공기는 금세 후끈 달아오르고, 요기들도 함께 노래를 따라 부른다.

사르베샴 스와스티봐바투
사르베샴 샨티봐바투
사르베샴 망가람 봐바투
사르베샴 뿌르남 봐바투

우리 모두를 복되게
우리 모두를 행복하게
우리 모두를 축복과 신성함으로 이르게
그리하여 완전함이 이기게 하소서

　마디나 여사의 선창에 우리의 합창이 어우러지고, 스태프들이
그에 인도 전통악기로 화답한다. 분위기가 한껏 무르익자 마디
나 여사가 일어나 요기들 사이로 성큼성큼 걸어 나오더니 자리에
서 일어나라는 시늉을 한다. 우리의 호기심 어린 눈빛에 마디나
여사는 기꺼이 기쁘게 춤추기 시작한다. 그녀를 중심으로 둥글게
일어선 우리도 다 함께 발을 구르고 손뼉을 치며 춤을 춘다. 화합
의 춤, 평화의 춤, 기쁨의 춤을.

로카 사마스타 수키노 바반투

로카 사마스타 수키노 바반투

나함 카르타 하리히 카르타

하리히 카르타히 케바람

옴 샨티, 샨티, 샨티!

모두를 행복하게 해주소서.

모두를 행복하게 해주소서.

우리는 창조자가 아니에요.

창조자와 다스리는 자는 오직 신 한 분뿐.

모두에게 평화, 평화, 평화를!

그렇게 깊어가는 하반의 밤, 우리는 자신을 그리고 서로를 마음껏 축복하고 위로했다. 그런데 어째서였을까. 서로 맞잡은 손길에, 어느덧 친근해진 눈빛 속에 알 수 없는 안타까움이 비쳤던 것은. 아마도 우리가 이렇게 함께 보낼 날들이 얼마 남지 않았음을 직감하고 있기 때문이었으리라.

그렇게 축제의 밤은, 그리고 아쉬람의 끝은 조금씩 다가오고 있었다.

아쉬람에서
인생을
배우다

지난밤 잠을 설쳤다. 하반에서 격렬한 춤을 추기도 했지만 밤새도록 뒤숭숭한 꿈을 꾼 탓이다.

"소피, 그거 아니? 이제 수업이 사흘밖에 남지 않았어."

"그래, 나도 알아. 정말 시간이 빨리 지나간 거 같아. 아, 집에 돌아갈 생각을 하니 벌써 우울해지는걸."

잠결에도 룸메이트들의 대화를 얼핏 들었다. 아니, 벌써 끝이라니……. 도무지 믿기지 않는다. 아쉬람을 떠나는 게 아쉬워서일까, 요기들과 헤어지는 게 싫어서일까, 그도 아니면 집으로 돌아가고 싶지 않아서일까. 이런저런 생각에 잠을 설쳤나보다. 겨우 몸을 일으켰는데 머리가 지끈 아파왔다. 이거야 원, 꼭 아쉬람에 온 첫날 같잖아.

퀭한 눈에 초췌한 얼굴로 침대 커튼을 젖히자 두런두런 이야기하던 룸메이트들이 걱정스런 눈빛으로 쳐다본다. 어디 아픈 건 아니냐며 다들 걱정해주는 것에 가슴 한구석이 찡해온다. 괜찮다고, 그저 약간의 감기 기운이 있는 것뿐이라고 말하자 마치 동방에서 온 박사들처럼 저마다 무언가를 하나씩 꺼내놓는다. 단은 가지고 있던 허브 오일을, 소피는 사탕을 내게 주었고, 민이는 자신이 잘하는 건 마사지라며 감기에 효과가 있는 마사지(?)를 정성껏 해주었다. 가족 같은 룸메이트들. 너무 고맙다. 작은 행동 하나에도 그 안에 담겨 있는 큰마음에 감동하게 된다.

우리의 우정이 깊어질수록 아쉬람과 이별할 순간도 시시각각 다가오고 있었다. 억수같이 퍼붓던 비 때문에 좀처럼 흐르지 않는 것 같았던 아쉬람에서의 첫 주도, 낯설고 어려운 아사나를 배우느라 정신없이 지나간 둘째 주도, 침묵과 고독 속에 보내야만 했던 셋째 주도, 익숙함과 친근함에 마음이 녹아내렸던 마지막 주도 어느새 다 지나가고 이제 이곳에서의 여정도 얼마 남지 않았다.

아쉬람에서의 생활. 긴장 속에 굳어 있던 몸과 마음이 용해되어 비로소 적응했는가 싶었는데 곧 떠나야 한다니. 딱딱하고 좁은 침대도, 낡고 어두운 화장실도, 언제 나타날지 몰라 조마조마하게 만들던 뱀들과도 이제 작별이다.

이런 고요하고 평온한 시간이 내 인생에 다시 찾아올까. 평화롭기만 했던 아쉬람 생활을 끝내고 일상으로 돌아가게 되어도 나를 고스란히 지킬 수 있을까. 흔들리지 않을 수 있을까.

나만 이런 생각을 하는 것은 아니었는지 다들 앞으로의 행보에 대해 서로 궁금해한다. 누구는 뭄바이, 고아, 바라나시 등 인도의 다른 지역을 여행할 거라 하고, 누구는 또다른 아쉬람으로 갈 거라 하고, 나처럼 집과 가족의 품으로 돌아가겠다는 이들도 있었다. 어찌되었든 우리의 한 가지 공통점은 인생의 중요한 터닝 포인트에서 용기 있게 이곳 아쉬람을 찾아왔다는 것. 우리 자신과 이 세상을 좀더 분명하게 알기 위해, 그리고 자신만의 삶의 원칙을 세우기 위해.

상해에서 온 펀드매니저 웡은 이렇게 말했다.

"난 조금도 아쉽지 않아. 여기서 충분히 배웠고 누렸기 때문이야. 떠날 땐 과감하게 굿바이하는 게 좋지. 어디를 가든 중요한 건 '3A'를 지키는 거니까."

"3A? 그게 뭔데?"

"Awareness. Acceptance. Attitude."

인식하고 인정하고 그걸 삶에 적용할 것.

"고마워. 멋진 걸 가르쳐줘서. 기억해둘게. 너는 이제 어디로 가니?"

"난 다른 아쉬람으로 가볼까 해. 거긴 오로지 명상과 묵언수행만 하는 곳이지. 나 같은 수다쟁이한테는 아마 꽤나 어려울 거야. 하하! 하지만 꼭 한번 해보고 싶었거든."

"정말 대단한 결심이다. 행운을 빌어, 윙."

여유가 날 때마다 늘 책읽기를 즐기던 단은 내게 작은 선물을 건네주었다.

"그동안 고마웠어. 덕분에 아주 편안하게 지낼 수 있었던 거 같아. 이건 내가 정말 재미있게 읽은 책인데 기념으로 줄게. 아마 너도 좋아할 거야."

"선물 고마워. 잘 읽을게."

단이 건넨 것은 얀 마텔이 쓴 『파이 이야기』라는 책이었다.

마침내 아쉬람의 마지막 날이 찾아왔다. 졸업식이다. 이 특별한 졸업식을 위해 모두들 잔뜩 멋을 냈다. 상기된, 벌써 아쉬움이 가득 묻어나는 얼굴, 얼굴들.

요기가 되세요.

요기가 되어보세요.

구루의 말씀을 잊지 말아요.

해가 뜰 땐 수리야 나마스카라

화가 날 땐 바라사나(Balasana, 아기 자세)
지칠 땐 사바사나
뱀들이 그리울 땐 부장가사나(Bhujangasana, 코브라 자세)
우울할 땐 옴카를.
요기가 되세요.
요기가 되세요.
근심 걱정은 모두 프라나야마에 날려보내고
행복한 요기가 되세요.

이날을 위해 알란과 소피는 직접 작곡한 〈요기 송〉을 불렀고,
매일 어마어마한 카메라를 들고서 아쉬람의 포토그래퍼를 자처
했던 웡은 그간 찍은 사진을 편집해 멋진 영상을 만들어 모두에게
큰 기쁨을 안겨주었다. 일로는 시내에서 사온 초콜릿믹스로 초콜
릿(맛이 나는) 케이크를 만들어 요기들을 깜짝 놀라게 했다.

"축하합니다. 여러분 모두 처음부터 끝까지 아주 훌륭하게 해냈
어요. 요가를 배우기 위해 이곳까지 왔지만, 낯선 곳에서 매일 네
시간 이상 아사나를 하고, 계속 채식을 하고, 룸메이트들과 부대끼
며 생활하고, 시험도 치르면서 바쁘게 지냈죠. 아마 결코 쉽지 않
았을 겁니다. 하지만 모든 걸 요가의 일부로 받아들이고 생활한 여
러분이 정말 고맙고 자랑스러워요. 도중에 집으로 도망가지 않고

지금까지 남아 있다니 정말 스스로가 대단하지 않나요?

처음 여러분이 여기 왔을 때 내가 했던 말을 아직 기억하고 있다면 좋겠군요. 여기서 많은 것을 배우겠지만 결국 하나만 배워서 돌아갈 수 있다면 좋겠다고 했었죠. 바로 여러분 자신의 마음을 다스리는 법 말이에요. 우리 안에 쌓여 있는 편견들을 부수고, 자신을 있는 그대로 응시하고 긍정하면서 다스릴 수 있다면, 여러분은 이곳에 온 목적을 달성한 겁니다."

간다하르 선생의 축사에 다들 눈시울이 붉어진다. 이어서 구루지가 한 사람 한 사람에게 졸업장을 나누어주었다. 서로에게 뜨거운 박수를 아끼지 않는 요기들. 이제 정말 마지막이구나. 그때 갑자기 옆에 있던 치카가 와락 울기 시작했다. 마이크로 레슨 때 가장 마음고생이 심했던 친구였는데 무사히 마치게 되어 그런 듯했다. 어느새 나도 눈가에 눈물이 맺힌다. 운다고 해서 이별하지 않는 것도 아닌데, 그걸 알면서도 못내 아쉬워 운다.

삶의 길이는 조절할 수 없지만 깊이는 조절할 수 있다고 했던가. 나는 할 수 있는 가장 적극적인 방법으로 삶에 깊게 들어가보고자 했다. 지난 한 달 동안 내 안에서 많은 것이 변했다. 버려야 할 것은 버렸고, 숨겨져 있었던 것들은 다시 찾아냈다.

스티븐 코비는 "시카고에 가면서 디트로이트 지도를 본다면 길을 잃을 것이다"라고 했다는데 정말이지 맞는 말이다. 내 인생을 살면서 다른 사람의 인생을 자꾸 기웃거리기만 한다면 나는 그저 나이를 먹기에 급급할 것이다. 아쉬람은 내가 어디에 서 있는지, 앞으로 가야 할 곳은 어디인지를 경험하고 확인시켜준 지도 같은 곳이었다.

무한한 자유로움 속에서 엄청난 자기절제를 요구했던 아쉬람 생활. 그 생활 속에서 세상의 불확실함과 나의 불완전함을 인정하고 다시 그것에서부터 시작할 수 있는 용기를 보았다. 용기. 아주 작지만 담대한 용기가 내 머리 위를 조용히 지나가고 있었다. 한 번이라도 그것과 조우한 사람은 알게 된다. 그렇게 조금씩 인생이 변화해간다는 것을. 누구든지 아쉬람에 가보면 내 말을 이해할 수 있을 것이다.

르네 허그Rene Hug

스위스 제네바
40세
은행가

❖ 요가를 하게 된 계기는 무엇이고 요가를 시작한 지는 얼마나 되었나?

건강한 삶을 누리고 일에서 오는 스트레스를 줄이기 위해 시작했다. 마음의
균형을 잡는 데 아주 큰 도움이 된다(원만한 성생활을 위해서도!). 요가를 한
지는 5년 정도 됐다.

❖ 요가를 해서 좋은 점이 있다면?

예전에는 항상 피곤하고 아침에 일어나기가 힘들었지만, 요가를 하면서부터
는 몸과 마음의 여유를 찾았다. 게다가 더 어려 보이기까지 한다고 한다!

❖ 굳이 인도의 아쉬람까지 온 이유는 무엇인가?

요가에 대해 더 배우고 싶었다. 여기에 오면 아사나도 더 잘할 수 있을 것 같았고.

❖ 아쉬람에서 무엇을 배웠나?

요가의 역사에 대해 많이 배웠다. 요가에 대해 더 확신을 갖게 됐다. 무엇보다
도 나 자신에 대해 많이 알게 된 것 같아 기쁘다. 사소한 것에 집착하지 않는
법도 배웠다.

❖ 아쉬람 생활에서 좋았던 점과 나빴던 점은 무엇인가?

처음엔 음식이 입에 맞지 않아 고생했다. 화장실에 휴지가 없는 것도. 숙소가
조금만 더 청결했으면…….

❖ 당신에게는 구루가 있나?

글쎄, 나 자신?

❖ 인도의 매력은 무엇이라 생각하는가?

인도에 있는 모든 것들이 지닌 색깔!

❖ 인생에서 당신의 가장 큰 적은 무엇인가?

나 자신을 너무 많이 사랑하는 것.

❖ 당신의 삶에서 가장 중요한 것 세 가지는?

파트너, 나, 건강.

❖ 건강한 삶을 위한 당신의 조언은?

스포츠, 요가, 맛있는 음식!

❖ 스트레스 완화를 위한 당신의 조언은?

명상, 요가, 당신이 사랑하는 일을 하세요.

❖ 당신의 첫 요가 수업에 온 학생들에게 하고 싶은 말이 있다면?

환영합니다. 저와 함께 요가를 즐겨볼까요?

❖ 요가를 다른 사람에게 추천한다면 어떻게 이야기하겠는가?

건강하고 영적이고, 운동도 된다.

❖ 당신에게 요가란 무엇인가?

나의 에너지.

❖ 가장 행복했던 순간은 언제였나?

사람들과 함께 친밀하고 열린 관계를 맺을 때.

❖ 가장 화가 났던 순간은?

거짓말 할 때.

❖ 당신의 꿈은 무엇인가?

내 인생에 만족하고 행복하게 사는 것. 그러려면 건강해야 하고 사랑이 많아야 한다. 사람들에게 이 세상이 얼마나 멋진지를 보여주는 이가 되고 싶다.

치카코 나카지마Chikako Nakajima

일본 도쿄
29세
헤어드레서

✤ 요가를 하게 된 계기는 무엇인가? 요가를 시작한 지 얼마나 되었나?

평소 목에 통증이 심해서 요가를 시작했고, 3년 정도 됐다.

✤ 요가를 해서 좋은 점이 있다면?

예전에 비해 몸의 컨디션을 조절할 수 있게 됐다. 감정이나 성격도 더 부드러워지고 순해졌다.

✤ 굳이 인도의 아쉬람까지 온 이유는 무엇인가?

내 삶과 성격에 어떤 변화가 필요하다고 느꼈다. 이번 기회는 참 좋았다고 생각한다. 삶에 대한 대답은 여전히 찾고 있는 중이지만.

✤ 아쉬람에서 무엇을 배웠나?

인간의 욕구에 대해서 배웠다. 감정이나 인격이 변할 수 있다는 점도.

✤ 아쉬람 생활에서 좋았던 점과 나빴던 점은 무엇인가?

다른 나라에서 온 많은 사람들과 이야기할 수 있어 좋았다. 싫었던 점은 벌레가 너무 많았다는 것.

✤ 당신에게는 구루가 있나?

특별히 필요하다고 생각하진 않는다. 있다면 우리 부모님.

✤ 인도의 매력은 무엇이라 생각하는가?

사람들.

✤ 인생에서 당신의 가장 큰 적은 무엇인가?

나 자신!

✣ **당신의 삶에서 가장 중요한 것 세 가지는?**

우리 가족, 사랑(평화이기도 하고 상상력이기도 한), 포기하지 않는 것.

✣ **건강한 삶을 위한 당신의 조언은?**

자연에 대해 늘 생각하는 것. 내가 무엇이 되고 싶은지 끊임없이 고민하는 것.

✣ **스트레스 완화를 위한 당신의 조언은?**

노래하기, 글쓰기, 울기, 그림 그리기.

✣ **당신의 첫 요가 수업에 온 학생들에게 하고 싶은 말이 있다면?**

긴장을 푸세요. 부끄러워 할 필요 없습니다.

✣ **요가를 다른 사람에게 추천한다면 어떻게 이야기하겠는가?**

스트레스를 푸는 데 좋다. 제대로 된 운동과 호흡을 배울 수 있다.

✣ **당신에게 요가란 무엇인가?**

스스로를 지켜나가는 것. 동시에 변화시키는 것.

✣ **가장 행복했던 순간은 언제였나?**

바닷가에 드러누워 상상할 때.

✣ **가장 화가 났던 순간은?**

뭔가를 하염없이 기다릴 때.

✣ **당신의 꿈은 무엇인가?**

결코 포기하지 않고 해나가는 것. 세상을 알아나가는 것.

제니퍼 사일러Jennifer Syler

미국 시카고
33세
주부

✤ 요가를 하게 된 계기는 무엇이고 요가를 시작한 지는 얼마나 되었나?

처음에는 비크람 요가Bikram Yoga로 시작했는데, 그 뒤에 좀더 전통적인 요가로 바꿨다. 요가를 한 지는 3년 정도 됐다.

✤ 요가를 해서 좋은 점이 있다면?

요가를 시작하고 나서 초조함이 많이 없어졌고, 매 순간 더욱 집중할 수 있게 됐다. 물론 24시간 내내 그런 건 아니지만.

✤ 굳이 인도의 아쉬람까지 온 이유는 무엇인가?

더 깊이 있는 요가 훈련을 하고 싶어서 왔다. 여기서 배운 뒤 다른 사람들을 가르치고 싶다.

✤ 아쉬람에서 무엇을 배웠나?

나 자신에 대해서 많이 알게 됐다. 내가 살고 있는 이 세상에 대해서도.

✤ 아쉬람 생활에서 좋았던 점과 나빴던 점은 무엇인가?

베스트: 비슷한 관심사를 가진 사람들. 정말 어마어마한 경험이었다.
워스트: 너무 많은 개념을 한꺼번에 이해하려 들었던 것.

✤ 당신에게는 구루가 있나?

누군가 내 구루가 되었으면 좋겠다고 생각한 적은 없다. 하지만 언젠가 구루가 나타난다면 반드시 알아차릴 것 같다.

✤ 인도의 매력은 무엇이라 생각하는가?

아쉬람 안팎의 인도 사람들. 그들이야말로 인도의 보물이다.

✤ 인생에서 당신의 가장 큰 적은 무엇인가?

자기 의심.

❖ 당신의 삶에서 가장 중요한 것 세 가지는?

신성한 존재, 가족 그리고 친구들.

❖ 건강한 삶을 위한 당신의 조언은?

가장 중요한 건, 삶의 매 순간을 음미하고 향유하는 것.

❖ 스트레스 완화를 위한 당신의 조언은?

여유를 가져라. 어떤 상황과 맞닥뜨릴 때 곧바로 반응하지 말고 시간을 들여라. 더 많은 기회를 가질 수 있고, 당신의 삶을 좀더 컨트롤할 수 있을 것이다.

❖ 당신의 첫 요가 수업에 온 학생들에게 하고 싶은 말이 있다면?

이 수업을 여러분이 원하는 시간으로 삼아보세요.

❖ 요가를 다른 사람에게 추천한다면 어떻게 이야기하겠는가?

릴랙스. 다른 어떤 것보다 요가는 릴랙스라는 점을 말해주고 싶다. 그걸 싫어하는 사람은 없으니까.

❖ 당신에게 요가란 무엇인가?

요가는 하나됨Oneness이다.

❖ 가장 행복했던 순간은 언제였나?

작지만 소중한 찰나가 모여 마침내 가장 빛나는 삶을 이루는 게 아닐까.

❖ 가장 화가 났던 순간은?

좋아하지 않는 걸 말해야 하거나 싫은 일을 해야만 할 때.

❖ 당신의 꿈은 무엇인가?

끊임없이 평화를 추구하며 사는 것.

이런 게 산의 끝이라고는

생각해보지 못했다.

만약 산의 정상이 그런 것이라면,

우리 삶의 정상도 꼭 하나일 필요는 없다는 것,

정상에서 바라보는 세상의 풍경이

똑같지는 않다는 것,

그렇지만 우리는 여전히 함께

정상에 서 있다는 것.

epilogue

고백하건대, 인도 여행이라면 누구나 가보았다는 타지마할이라든가 바라나시라든가 하는 것의 근처에도 나는 가지 못했다. 그런 주제에 이 책을 버젓이 '인도 여행기'라고 부를 수 있는 이유는 내가 인도의 철학과 그들 삶의 정수인 요가, 아니 더 정확히 말해 요가를 통해 삶을 제대로 향유하는 법을 배우고 왔기 때문이다. 비록 인도에 한 달밖에 머무르지 않았고, 한곳에만 머물러 있었을 뿐이지만 요가를 통해 인도인의 기질이나 정신세계를 이해하는 데는 결코 부족함이 없었다고 믿는다.

그렇다면 무엇을 배우고 돌아왔을까. 내가 배운 것은 인도나 요가가 아니다. 그저 한 가지, 스스로에게 귀를 기울이는 법을 배웠다. 누구나 떠나보면 알게 된다. 자신을 안다고 생각했지만 정작 아무것도 모르고 있었다는 사실을. 등을 떠민 사람은 아무도 없었지만 혼자서 '배우는 여행'을 마음에 품고 계획하고 준비하고 떠나서 배웠던 과정은 어느 한 순간도 빼놓을 수 없는 기쁨 그 자체였다. 아쉬람에 도착해 28일간 매일 매일의 '요가식 라이프'를 즐기고 배우며 느꼈던 것들은 내 몸과 영혼을 충만하게 만들었다.

인간이 진화하는 동물이라면 그건 틀림없어 '더 나은 사람이 되기 위한 몸부림' 때문일 것이라고 믿는다. 거기에는 반드시 필요한 것이 있다. 바로 여행과 공부. 애니 딜라드는 "이제 막 고개 가누는 법을 배운 아기는 혼돈 속에서도 있는 그대로 세상을 보는 법을 안다. 자기가 어디 있는지 전혀 알지 못하지만 배울 각오가 되어 있다"라고 했다.

자신을 있는 그대로, 세상을 있는 그대로 응시하면서 모든 것을 배울 준비가 되어 있는가. 그렇다면 언제고 있는 자리를 떠나 길을 나서라고 말해주고 싶다. 마지막으로 내 마음을 대신해주는 괴테의 말을 전한다.

10년만 젊었어도 나는 기필코

인도 여행을 떠났을 것이다.

새로운 것을 발견하기 위해서가 아니라

이미 내 자신 속에 있는 어떤 것들을

재확인하기 위해서.

북노마드